수많은 운명의 집

Das Haus
der tausend
Schicksale

슈테판 츠바이크
이미선 옮김

수많은 운명의 집

Das Haus der tausend
Schicksale

슈테판 츠바이크

차례

1902

북쪽의 베네치아

브루게의 수백 년 된 높은 종루에서 이 고색창연하고 멋진, 마치 마법에 걸린 듯한 도시, 인접한 바다의 향기로운 숨결이 스치고 지나가는, 벨기에의 평평한 땅으로 쭉 뻗은 이 도시를 내려다보면, 이곳이 죽은 것 같다는 인상을 떨쳐 버릴 수 없다. 한때는 이 탑에서 종소리가 울려 퍼지며 플랑드르의 가장 전투적이고 부유한 시민을 전쟁터로 불러냈지만, 지금 오래된 이 탑의 꼭대기는 아주 고요하다. 보통 대도시의 탑에 서 있으면, 먼 바다에서부터 미친 듯이 달려드는 파도처럼 사람들의 웅웅거림, 분주하고 이해할 수 없는 소리가 몰려들지만, 여기는 그런 소리와 완전히 동떨어져 있다. 단지 커다란 종이 묵직한 소리로 울리기 시작하고, 청아한 음색의 글로켄슈필[1]이 둔중하게 울리는 종소리와 뒤섞일 때에만, 멀리 있는 소리 역시 깨어나며 수많은 교회의 종들이 서로 인사하고 화답한다. 그런 뒤에는 다시 이전처럼 묵직한 침묵이 이 오래된 죽은

---

1 작은 종들로 음악을 연주하는 타악기.

도시 위로 내려앉는다.

종루를 내려와서 좁고 고풍스러운 거리를 지나갈 때에도 매력적이고 매혹적인 인상은 여전하다. 마치 왕국의 모든 사람들이 갑자기 웃음을 잃어버렸다는 동화 속 장면 같다. 어디서도 기쁜 얼굴의 사람들을 결코 찾아볼 수 없으며, 밝고 화사한 옷을 입은 여인들도 볼 수 없고, 아이들 역시 여느 아이들과 달리 떠들지도 고함치지도 않는다. 하지만 어느 거리에서나 사제복을 입은 신부들, 수녀들, 베긴 교단[2]의 여자 신도들, 더 이상 삶을 믿지 않는 늙은 여인들, 일에 지친 불만스러운 사람들을 만날 수 있다. 그들은 서로 아무 상관도 없는 양 길을 간다. 이 도시는 커다란 수도원 같다. 수많은 회색 벽감과 숨겨진 복도가 있고, 그 안의 거주민들은 세상 모두를 잊고, 성급히 앞으로 나아가는 시간에 대해서는 더 이상 생각하지 않는 그런 수도원.

브루게는 세월과 현대 문화가 거의 아무런 흔적도 남기지 않고 지나쳐 버린, 그런 기이한 도시들 중 하나다. 도시의 여러 곳에서 우리는 오롯이 중세를 회상하게 된다. 이는 지나친 상상력의 잘못이 아니라, 오래된 집들이 전혀 변형되지 않은 채 옛 모습 그대로 남아 있고, 드문드문 새로 지은 건물들(그중 하나는 역이다.)마저 끝부분이 세 갈래로 갈라진 벽돌 박공을 높이 올린 옛 건축 양식과 아주 정확하게 맞물려 있기 때문이다. 그저 주민들만 바뀌었다. 이전에는 화려한 건물들 안에서 세계 최고의 부유한 상인들, 북부 한자 동맹의 대리점들, 서양에서

2 　서원을 하거나 특정 교단에 소속되지 않은 채 자발적으로 가난, 청결, 종교적인 헌신의 삶을 사는 벨기에와 네덜란드의 여성 공동체.

제일 호화찬란한 사치를 볼 수 있었지만, 지금은 가난한 사람들, 검소하고 편협한 신앙심을 가진 사람들이 살고 있다. 전성기 당시에 이 도시는 베네치아의 자매로 여겨졌으며, 멀리까지 에워싼 도시 성벽이 헤아릴 수 없는 보물들, 귀중품과 함께 20만 명의 시민을 품어 주었다. 그러나 이제 주민은 당시의 4분의 1정도밖에 남지 않았다. 항구가 서서히 모래로 덮이기 시작한 뒤, 안트베르펜이 이 도시에서 해운을 빼앗아 갔고, 그로 인해 부(富) 역시 완전히 빼앗겨 버렸다. 서서히, 아주 서서히 맥박이 약해지기 시작했고, 시장은 점점 더 조용해졌으며, 바다를 왕래하는 배가 항구에 들어오는 일은 차차 드물어졌다. 오늘날에는 바다로부터 십 킬로미터 이상 멀어졌는데, 이렇게 바다에서 멀어짐으로써 브루게는 상업 도시로서의 특색을 완전히 잃어버렸고, 점차 수도원과 교회의 도시가 되고 말았다.

거추장스러운 현대 기술의 모든 소도구가 이토록 완전히 부족한 도시, 이런 영적이고 상징적인 특색은 예전부터 예술가들을 이 도시의 친구로 만들어 주었다. 거리에는 전차가 울리는 경적 소리도 들리지 않고, 호기심에 찬 낯선 이들을 태운 증기 보트가 빠른 속도로 운하를 지나다니지도 않으며, 그저 하얀 백조만이 느긋하게, 강가의 모든 윤곽을 놀라울 만큼 또렷이 비추는 잔잔하고 아주 어두운 물 위를 떠다닐 뿐이다. 전설에 따르면 하얀 백조는 살해당한 브루게의 대공에게 속죄하는 의미를 담고 있다고 한다. 운하 옆, 브루게 성문들 앞, 노파들이 집의 문 앞에서 유명한 레이스를 뜨고 있는 좁은 거리들 사이…… 이곳에는 화가들에게 영감을 주는 장소가 많다. 이런 장소들은 항상 시인들도 끌어들였다. 프랑스어로 글을 쓴 감수성 예민한 예술가, 젊은 날 이곳에서 사망한 조르주 로덴바흐[3]는 소설 『죽음의 도시 브루게』라는 뛰어난 예술 작품을 창조했는데, 이 작품은 낭만적이고 애처로운 이 도시의 창조물다운 인상을 준다. 또한 로덴바흐는 그의 많은 시 그리고 소설 『카리용 연주자』에서도 이 고색창연한 플랑드르 도시에서 흘러나오는 독특한 매력을 다루려 했다. 반면 그의 위대한 친구 카미유 르모니에[4]는 브루게에 대한 소설 『두 양심』에서 이 도시가 우리 시대에 가지는 독특한 위상, 가령 이 도시의 편협한 신앙심과 극도의 청교도주의를 그렸다. 그 밖에도 더 많은 것들이 이 도시에 있다. 왜냐하면 — 부정할 수 없는 사실인데 — 브루게는 이 두 예술가를 통해 젊은 프랑스 문학가들 사이에서 어느 정도 유행하는 순례의 장소가 되었기 때문이다. 마치 예전에 독일 작가 괴테와 플라텐 이후, 독일인들에게 베네치아가 그런 장소였던 것처럼.

그런데 브루게는 예술적 분위기뿐만 아니라, 예술 작품 안에도 보물을 숨겨 놓았다. 바로 지금, 그야말로 성공적인 전시회 「플랑드르 원초주의 화가들」에서 초기 플랑드르파의 멋진 회화 소장품을 전시하고 있는데, 이들 화가 중 대다수가 브루게 출신이다. 반에이크 형제[5], 티에리 보우츠[6], 판데르 베이

---

3 조르주 로덴바흐(Georges Rodenbach, 1855~1898). 프랑스인 어머니와 독일인 아버지 사이에서 태어난 벨기에의 상징주의 시인이며 작가. 그의 소설 『카리용 연주자(Le carillonneur)』는 영어로 『브루게의 종』이라 번역되었지만 여기서는 원어대로 직역한다.

4 카미유 르모니에(Camille Lemonnier, 1844~1913). 벨기에의 소설가, 미술 평론가.

5 반에이크 형제는 플랑드르 화가 형제로, 형은 후베르트(Hubert Van Eyck, 1370?~1426)이고 동생은 얀(Jan Van Eyck, 1390?~1441)이다.

6 티에리 보우츠(Thierry Bouts, 1415~1475). 플랑드르의 화가로, 디에릭 보우츠

던[7], 마시[8]의 작품들이 많이 나와 있다. 화려한 기교에 있어서는 특히 브루게에 살았던 두 화가, 헤라르트 다비트[9]와 한스 멤링[10]이 두드러진다. 이들만을 위한 전시장이 따로 마련돼 있다. 보통은 생장 병원에서나 볼 수 있는 멤링의 그림을 여기서 전부 볼 수 있다. 아름다운 전설이 전해지는데, 부상당한 군인이었던 멤링은 이 병원에 수용되었고, 이에 대한 감사로 이 그림들을 그려서 기증했다고 한다. 그의 작품 중 가장 성숙하고 유명한 작품들이 이곳에 있다. 그중 최고는 「성 우르술라의 유골함」으로, 기이할 만큼 아주 정확하고 완벽한 묘사로 성 우르술라의 순교를 찬미한다. 중세의 응용 미술을 전시하는 전시회 2부는 호텔 그루트후스에서 열린다. 이 호텔은 1465년에 지어진 유서 깊은 건물로, 평상시에도 레이스와 골동품을 열람실에 전시해 놓는다.

　　시청 건물, 노트르담 성당, 종루와 같은 멋진 건물 이외에도 이 도시에는 중세 예술의 작은 기념비가 세 개 보존되어 있는데, 이와 비견할 만한 것을 제시할 수 있는 도시는 많지 않다. 먼저 사법부 궁 안의 접견실에 있는 1530년에 제작된 유명한 벽난로가 그중 하나인데, 파비아 전투와 그 이후의 평화를 기념하여 만들어진 것이다. 이 난로의 아래쪽은 모두 검은

(Dieric Bouts)로도 불린다.

7　판데르 베이던(Rogier van der Weyden, 1399/1400~1464). 플랑드르의 화가.

8　캥탱 마시(Quentin Massys, 1465?~1530). 플랑드르의 화가. 성을 Matsys, Metsys, Messys라고도 표기한다.

9　헤라르트 다비트(Gerard David, 1460?~1523). 브루게에서 활동한 화가.

10　한스 멤링(Hans Memling, 1430?~1494). 독일 출신의 플랑드르 화가. 같은 시대에 활동한 플랑드르 화가들에게 영향을 받았으며, '기독교 세계 전체에서 가장 뛰어난 솜씨를 가진 화가'로 손꼽힌다.

대리석으로 되어 있고 그 면적이 상당하다. 조각되어 있는 위쪽은 훨씬 후대에 제작되었다. 두 번째 보물은 성혈 예배당에 있는 성유물 함으로, 구세주의 피 몇 방울이 여기에 보관되어 있다. 이 성유물은 매주 전시되는데, 늘 수많은 신도들을 브루게로 끌어모으며, 특히 도시 전체가 휴일로 여기는 가톨릭 행렬의 날에는 더 많은 신도들이 이곳으로 몰려든다. 세 번째 보물은 노트르담 사원이 보관하고 있는 용감한 카를[11]과 그의 딸 마리아 폰 부르군트의 묘석으로, 금도금된 실물 크기의 청동 조각상들이 대리석 석관에 누워 있다. 이 교회는 미켈란젤로가 대리석으로 제작한 「어린 예수와 마리아」도 소장하고 있다. 알브레히트 뒤러가 이탈리아로 가는 일을 허락받기 전, 위대한 장인의 첫 작품이라며 경탄했다는 그것이다.

　　이러한 작품들이 잘 알려지지 않은 것은 아니지만, 그렇다고 끝없이 이어지는 적당히 지적인 방문객들의 시끌벅적한 소음에 둘러싸이지도 않은 채 브루게에 간직되어 있다. 오직 이를 찾으려 하는 사람들만이 이 작품들을 발견할 것이며, 이 오래된 도시 역시 마찬가지이리라. 남쪽에 있는 자매 도시, 즉 베네치아와 비교해 보더라도 이 도시는 충분히 흥미롭다. 베네치아는 그 특징뿐 아니라, 같은 운명을 통해서도 브루게와 견줄 수 있다. 분명 이렇게 비교하는 편이 더 좋으리라. 물론 이곳 역시 그 고요함을 언제까지나 오래 지속할 수는 없을 것이다. 지금은 벨기에가 이 도시를 돌보고 있으니 말이다. 만일

11　　용감한 카를(Karl der Kühne, 프랑스어로는 Charles le Téméraire, 1433~1477). 프랑스 발루아 가문의 부르군트 방계 출신이며, 부르군트와 룩셈부르크의 대공. 발루아 부르군트 출신으로는 가장 유명한 인물이자 마지막 대공.

국가와 미학이 어떤 것을 돌본다면, 그것은 보통 특별한 의미를 가지기 때문이다. 이제 브루게를 위해 블랑켄베르게 쪽으로 운하가 건설되고 있는데, 이 운하로는 바다를 운행하는 배도 다닐 수 있다. 곧 효과가 나타날 것이고, 항구는 다시 활기를 띨 터다. 그러면 영광스러운 과거의 빛의 여운이 어스름한 옛 도시에 다시 비칠 것이고, 아마 브루게는 자매 도시 겐트와 오스텐더를 다시금 능가할 것이다. 새로운 상업 도시가, 아주 많은 것을 가진 도시가 부활하리라. 그러나 고요함과 몽상적인 장엄함 때문에 이 '죽은 도시'를 사랑하는 모든 이들에게 새로운 브루게의 등장은 상실이 될 것이다. 기이한 분위기로 가득한 장소 중 하나가 사라지게 될 테니까.

1905

교황들의 도시

아비뇽을 볼 때처럼 그렇게 강력한 느낌, 그렇게 강요당하는 느낌, 그렇게 직접적인 느낌을 받는 경우는 극히 드물다. 막강한 권력가들이 이곳을 다스렸기 때문이다. 다른 도시들도 자랑스러운 건축물들을 가졌지만 그것은 그저 이전 지배자들의 계획이나 징표일 뿐이었다. 그러나 그 어떤 곳도 교황들의 도시인 여기처럼 그토록 강력하고 고압적인 지배자의 상징을 구현하지는 못했다. 아주 기분 좋은 이 지방 도시는 짙푸른 론강 근처에 무심하고 평화롭게 놓여 있다. 정말 아름다운 광경, 자연이 자비를 베풀어서 무척 부드럽지만 되레 아름다움을 억제하는 풍경이다. 내리쬐는 햇빛 속에서 아른아른 반짝거리며 빛을 발하는 이 하얀 지붕들 위로, 거칠게 솟구치며 흩어지는 물과 거품이 이는 이 하얀 바다 위로 당당하고 명령하듯 어마어마한 바위가 불쑥 솟아 있다. 굳고 거칠고 높은 담들이, 궁성이, 더 좋게 말하면 교황의 궁전이. 그리고 높은 성채의 장벽은 마치 바위로 된 창살처럼, 폭풍과 전쟁에도 부서지지 않은 채 오늘날에도 여전히 도시를 촘촘히 에워싸고 있다. 론강 위에 걸린 넓은 아치 돌다리, 1177년 성 베네제가 세웠고, 교황들이 거의 요새처럼 만든 이 다리는 부서진 상태로 건너편 강가 한가운데에 공허하게 뺏뺏이 서 있다. 가장 격렬했던 전쟁의 시대가 이 파괴할 수 없는 성벽을 만들어 냈음을 알 수 있다. 파문의 저주뿐 아니라, 무기와 성들을 가지고 싸웠던 세 교황의 시대, 위대한 능력을 지닌 자들의 시대, 이들의 난폭함은 르네상스 속에서 예술적인 것과 조화를 이루었고 그 결과, 역사에 가장 장려한 형태를 부여했다.

아비뇽은 그 시대에 이런 역사적 가치를 얻었다. 왜냐하면 그때의 교황들은 이탈리아에서 쫓겨난 뒤 프랑스에서 새로이 터전을 찾고 있었기 때문이다. 바로 이런 100여 년 동안, 고향 잃은 교황들은 항상 새로운 적들에게 위협당하는 난처한 상황에 처해 있었고, 또 도시가 천연의 방어 수단이 모자란 평야에 위치해 있었으므로 저 어마어마한 요새가 건설되고 축조된 것이다. 성채 주변은 점점 더 견고해졌고, 담은 점점 더 높고 튼튼해졌으며, 정복당할 수 없는 도피의 장소인 교황궁, 즉 교황 직권의 가장 안전한 피난처가 되었다. 그리고 교황들이 다시 로마로 돌아가자 이 독수리 성에는 대립 교황들이 눌러앉았고, 15세기가 되어서야 비로소 아비뇽은 로마 교회의 평화로운 주교좌가 되었으며, 프랑스 대혁명의 피비린내 나는 시기까지 주교좌로 남아 있었다. 그러나 고요했던 그 수백 년 동안에도 불구하고 아비뇽은 지난 전쟁의 흔적을 여전히 간직하고 있다.

모든 대도시에서처럼 여기에서도 현실은 위대한 역사적 기념비를 바라볼 때의 감정을 기꺼이 깨뜨리려고 한다. 교황들의 요새는 현재 프랑스 병영으로 쓰이고 있다. 채광창으로 붉은 모자를 쓴 웃는 얼굴들이 보이고, 안뜰에서는 화가 난 장교들이 한 무리의 신병들을 지휘하고 있다. 그러나 이곳의 모든 것들은 장려한 인상을 잃어버리기에는 너무나 훌륭하다. 두께가 족히 일 미터는 되는 요새의 담과 높은 탑들. 혁명의 시기에는 이 탑의 평평한 지붕 위에서 포로들을 어마어마한 나락으로 내던져 버렸다. 그리고 요새 한가운데 자리한 노트르담 성당은 모양은 소박하지만 큰 감명을 준다. 성당의 첨탑에서 금빛 마리아상이 과하게 번쩍이면서 시간에 따라 육지에 뚜렷하게 이글대는 불꽃을 드리운다. 사원의 성벽들 안에는 교황 요한 22세[12]의 무덤이 있다. 묘비명과 초상화는 없지만 승천하는 듯한 새하얀 돌로 된 가늘고 우아한 기념물이다. 성당에서부터 늘 푸른 정원을 지나, 넓은 테라스로 이어지는 길이 나 있다. 이 테라스에서 꽃이 피는 경치를 한눈에 볼 수 있다. 이곳에서 사람들은 교황들이 이 거처를, 이 굳건한 성을 사랑했던 이유를 깨닫게 된다. 남쪽 나라의 봄이 가져다주는 모든 사랑스러운 감각을 여기에서 만끽할 수 있었던 것이다. 아래쪽에는 푸르고 넓은 론강이 도도하게, 멀리서부터 굽이굽이 풍부한 빛을 품은 채 땅을 가르며 다가와서, 성 바로 앞에 있는 작은 섬 바르텔라스를 휘감고 흐른다. 발아래에는 수많은 하얀 지붕들이 번쩍이고, 여러 교회 탑의 홍벽들이 이쪽을 향해 다정하게 손을 흔든다. 특히 맑고 투명한 색채와 푸른 하늘 덕분에 이 모든 것들은 더욱 장관이다. 강가 저편에서는 14세기에 세워진 거대한 건물, 성 앙드레 요새가 이곳을 건너

---

12   교황 요한 22세(Papa Giovanni XXII). 제196대 교황으로, 1316년 8월 7일부터 1334년 12월 4일까지 재위했다.

다보고 있다. 이 신시가지는 교황의 옛 아비뇽 성채와 마찬가지로 장엄하다. 멀리서 탑이 반짝인다. 그곳에서 비치는 불빛 신호들이 구시가지와 교황의 성 사이를 연결해 주었고, 습격으로부터 보호했다. 경작지의 색깔은 점점 푸르러 가는 정원들의 순수한 초록과 아직 완전히 하나가 되지 못했다. 서늘하고 청명한 하늘과 선명하게 경계를 긋는, 어느 이른 봄날의 이러한 파노라마보다 더 아름다운 것은 생각할 수조차 없다.

도시는 또 다른 많은 것을 보여 준다. 즉 건축될 당시(모두 13세기 초와 교황의 유수 기간이었던 14세기)의 예술 양식을 충실하게 보존하고 있는 생피에르, 생디디에, 발 드 베네딕시옹 같은 유구한 성당들, 그리고 오래된 기념 건축물 사이로 점점 밀려드는 오늘날 프로방스 도시의 아름다운 모습처럼, 주변의 절경을 매번 또다시 놀라서 바라보게 하는 다채로운 풍경을 제시한다. 아비뇽은 애잔한 기억도 품고 있는데, 도시 성벽 안쪽에 완전히 포함되지는 않았지만 유명한 보클뤼즈의 샘[13]이 있다. 위대한 연인 로라와 페트라르카[14]에 대한 기억을 통해 이곳 역시 영원히 기억되리라. 더욱이 우리가 아비뇽의 교회

---

13 아비뇽 근처에는 '보클뤼즈의 샘'이라는 뜻의 '퐁텐 드 보클뤼즈'라는 마을이 있다. 페트라르카(Francesco Petrarca, 1304~1374)는 1337~1349년 사이에 퐁텐 드 보클뤼즈에서 살았다. 독일 상징주의 화가 아르놀트 뵈클린(Arnold Böcklin, 1827~1901)은 「보클뤼즈 샘가의 페트라르카(Petrarca an der Quelle von Vaucluse)」(1867)에서 이 장소에 있는 페트라르카의 모습을 표현했다.

14 1327년 페트라르카는 교회에서 로라(Laure de Sade, 1310~1348)를 보고 첫눈에 반하지만 그녀는 이 년 전에 결혼한 유부녀였고 귀족이었다. 로라는 이탈리아 피렌체의 평민 페트라르카의 호감에 무관심했다. 페트라르카는 플라토닉한 사랑에 빠진 채 보클뤼즈 샘으로 가서 그녀의 아름다움에 대해 수많은 시를 지었다. 로라는 사십 세에 전염병으로 사망했고, 페트라르카는 그녀를 추모하며 계속 시를 썼다.

내부를, 가령 시인이 자신의 연인을 처음 발견한 장소를 본다면, 위대한 학자 페트라르카가 수많은 아름다운 소네트를 지었던, 그들 사랑의 현장, 역사적인 장소들이 얼마나 더 흥미롭겠는가. 샘 자체는 그렇게 대단하지는 않지만, 어쨌든 샘의 낭만성은 이곳을 잊을 수 없게 하는 페트라르카의 낭만성에 못지않다. 녹색 계곡, 암벽 사이에서 갑자기 하얀 불꽃처럼 물이 나타나고, 쏴쏴 소리를 내며 계곡으로 흘러 내려간다. 맑고 투명한, 정말로 기분을 상쾌하게 해 주는 샘이다. 하얀 길들 위로 다시 아비뇽에의 길이 이어진다. 아름다움에서 다시 아름다움으로, 위대한 사랑의 장소에서 프로방스의 시골로, 가장 섬세한 연애시와 고결한 시인이 여행한 고향으로, 진정한 봄의 나라로.

하이드 파크

런던의 하이드 파크, 모든 대도시 공원 중 아마 가장 기이하다고 할 수 있는 이곳은 공원의 원래적 의미에서 볼 때 아름답지는 않다. 이곳에는 공원을 예술 작품으로 만들어 주는 거의 모든 요소가 부족하다. 평평하고 보잘것없는 영국의 황야로, 그저 입구만 약간 정원으로 꾸며 놓았기 때문이다. 그러나 이 공원의 아름다움은 명백한 표면이 아니라 내포된 의미에 있다. 예컨대 여기에는 푹 쉴 수 있는 몇몇 장소가 있다. 가령 끝없이 구불구불 이어진 넓은 초원에 서 있을 수도 있는데, 이곳의 고요한 초록 연못에는 약한 미풍에 스친 나무들이 마치 닻을 내린 배처럼 아주 부드럽게 흔들리고 있다. 오른쪽, 왼쪽으로 가로수 길 몇 개가 불규칙하게 나 있다. 길 끝자락에선 경치가 나타나지 않는다. 가로수 길은 무대 장치 같은 회색 안개 속으로 쑥 들어간다. 넘치는 고요, 가끔 오가는 사람들, 우물우물 풀을 뜯는 숫양 무리들뿐. 잠시 모든 것을 잊는다. 그렇게 사방은 고요하다. 여기는 어디인가? 혹시 이곳이 저 유명한 독일의 황무지 뤼네부르크 하이데인가? 아니면 트리스탄의 우울한 땅, 콘월인가? 갑자기 양치기의 슬픈 선율이 울려오지는 않을까? 그러고는 곧 외곽에 자리한 이 잿빛 덩어리, 저 멀리 이 부드러운 경계가 어마어마한 주택 단지임을 깨닫게 된다. 그리고 이 넓고 고요한 황야는 도시 좌우에 띠를 드리우고 있는데, 양쪽 전부가 마치 밀라노나 리옹 혹은 마르세유만큼이나 크다고 생각하니 묵직하게 짓눌리는 느낌이다. 두 음절의 단어, 런던에 포함된 대도시에 관한 상념 탓에 말이다. 베르하렌[15]의 『촉수가 있는 도시들』, 촉수 달린 팔로 녹지를 빨아들이고, 바윗덩어리 같은 회색 젤라틴 속으로 황야를 끌어들이는 도시에 대한 들뜬 환상, 이 거친 꿈이 여기, 이 거대한 도시 안에서 실현되었다. 적막한 바다 위의 수많은 배들이 이 도시를 향해 증기를 내뿜으며 다가오고, 수백만 명의 사람들이 이 도시를 위해 손을 움직이며, 땅 밑에서는 지하철이 급히 달리고, 지붕 위로는 기차들이 질주하고, 해마다 새로운 주택들을 녹지 위에 내뱉는다. 그리고 그 한가운데에는 황야가, 매매거리는 양들이 널리 뛰노는 황야가, 고요하고 조용한 하늘을 이고 있는 황야가 꿈꾸듯 놓여 있다. 이제 더 이상 이 황야에서는 수많은 사람들의 가쁜 숨소리가 들려오지 않는다. 런던의 아름다움처럼 하이드 파크의 아름다움은 이렇게 이해할 수 없고, 상식의 범주를 벗어난 데에 있다.

아니다. ― 하이드 파크는 첫눈에 정복되지 않는다. 이방인을 성급하게 믿는 것은 영국식이 아니며, 인간의 특성도, 풍경의 특성도 아니다. 사랑을 가지고 접근할 때, 그럴 경우에만

---

15 에밀 베르하렌(Émile Verhaeren, 1855~1916). 프랑스어로 작품을 집필한 벨기에의 시인.

황야의 단조로운 빈약함 속에 얼마나 많은 은밀한 매력이 깃들어 있는지 알아볼 수 있다. 이곳의 초목은 완전히 색다르고 여린 초봄의 빛깔을 보여 주는데, 아직은 가느다랗게 뻗은 잎새가 밝게, 마치 은을 섞어 짠 듯이 반짝인다. 그리고 이 풍경은 영국의 뿌연 하늘 아래 놓여 있다. 이 하늘은 모든 빛을 부드럽게 하고, 그 영원한 베일을 통해 모든 비밀스러운 명암을 보여 준다. 창공은 서늘한, 거의 납빛에 가까운 푸른색이며, 구름이 하늘을 덮지 않는 한 햇빛이 비친다. 이탈리아에서 햇빛은 바위를 밝게 내리쬐어, 놀란 바위들이 눈이 멀듯 열기를 되쏘게 하는, 하얗게 이글거리며 쏟아져 내리는 빛의 덩어리다. 하지만 이곳의 햇빛은 그저 나른하게 흐르는 약한 광채일 뿐으로, 잠자리채같이 떠다니는 구름에 곧 잡혀 버린다. 그리고 그늘은 서늘하고 검은 은신처가 아니며, 햇빛과 확연한 대비를 이루지도 않고, 회색의 실개천처럼 풀 위에 내리덮인다. 하이드 파크는 저녁의 앙금과 함께 신비한 안개의 장벽 속으로 사라지기 위해, 낮 동안 라파엘 전파의 화가들이 조심스러울 정도의 섬세하게 표현한 색깔을 선명하게 보여 준다. 이곳에서는 소리도 빛도, 색채와 떠보는 듯한 눈길을 마지못해 견뎌 내는 무심한 대기도 묵직하다. 또 바다 소금에 절고 안개에 노랗게 찌들었으며, 수많은 굴뚝 연기에 회색으로 그을린 런던의 분위기를 한층 기이하게 물들인다. 대기는 만물의 형태를 숨기고 흩트리고 불투명하게 한다. 배경은 형태를 점점 더 불확실하게 짓이기고, 예상보다 일찍 근처 하늘을 지평선의 그늘진 윤곽 속으로 구부려 넣는다. 한낮에는 대기가 섬세한 푸른 안개를, 마치 모락모락 피어오르는 담배 연기처럼, 혹은 유령처럼 나무들 사이에서 배회하게 한다. 그리고 저녁에는 잿빛 안개가 모든 것을 거무스레하게 물들이고, 마침내 지하 세계 니벨하임이 어두운 문을 연다. 그러면 회색 구름 한 조각이 도시와 황야 위를 떠돌고, 이 구름은 몇 주 동안 사람들로 하여금 하늘에서 반짝이는 별의 영원한 윤무가 빛나고 있다는 사실을 잊도록 한다. 한편 이 구름은 온종일 눈길 닿는 곳마다 연기처럼 퍼지며 멋진 풍광을 그려 낸다. 공장과 공공 임대 주택은 회색으로 떨리는 그늘의 갈라진 틈 사이에서 마치 성배를 품은 성스러운 성처럼 유혹하고 있다. 어스름이 현실의 가혹하고 추한 형태들을 완화해 준다.

그러나 이것만으로는 이 사랑의 공원을 아직 가치 있게 만들 수 없다. 왜냐하면 이 아름다움은 하늘 아래 자유롭고 순수하게 놓여 있을 뿐 아니라, 하늘의 은밀한 근원들 가까이에 자리한 모든 사물들의 아름다움이기도 하기 때문이다. 이 근원들에서 빛과 그늘, 태양의 황금빛과 안개의 자욱한 연기가 밀려든다. 이 아름다움은 영국 황야의 한 아름다움일 따름이다. 그리고 하이드 파크는 도심 속의 황야이기도 하다. 그 자체로 완벽한 광경이라기보다 일부는 독특한 삶이 펼쳐지는 무대이고, 일부는 조용한 관찰자가 눈을 밝히는 1층 관람석이다. 공원의 가장 독특한 아름다움은 그곳을 활기차게 해 주는 사람들의 아름다움, 우아함의 경쾌한 매력이 아니라, 힘찬 흥분, 운동과 놀이 속에 온전히 몰입해 있는 이 놀라운 종족의 아름다움이다. 우리는 대화만으로 영국인을 사랑할 수 없고, 오직 이들과 교제하면서 비로소 사랑하게 된다. 마찬가지로 우리는 가벼이 걷는 이들의 아름다움을 사랑하지 않는다. 이 공원에서 펼쳐지는 모든 것, 즉 달리고 높이 뛰고 말을 타고, 배를 타고, 수영을 하거나 놀이를 하면서 놀랍고도 적절한 힘을 발휘하는 그들의 아름다움을 사랑한다. 하이드 파크는 그들의 온전한 삶을 품고 있다. 네 개의 벽 속 공간에서는 대체로 이런 삶이 이뤄지지 않는다. 런던 거리는 전부 상점에 점령당해 있으므로, 빈둥거리며 돌아다니는 사람들을 위한 장소, 의젓한 자아도취의 모험적 무위도식을 위한 장소는 없다. 따라서 모든 사람들, 관찰하고 행동하는 즐거움을 원하는 모든 사람들은 공원으로, 초록빛 팔을 한없이 벌려서 모두를 품는 공원으로 대피한다. 그렇게 공원의 꿈과 같은 고요 속으로 변화가 몰려든다. 그런데 이런 광경들 속에서 다시 동일한 리듬이 생겨나고, 이 리듬은 마치 일상의 집무 시간처럼, 자신의 '비즈니스', 자신의 일인 양 규칙적으로 같은 풍경을 만들어 낸다.

이런 삶은 아침 일찍 시작된다, 아주 일찍. 가끔 하늘에 아직 자욱한 연무가 떠돌고, 나무들은 솜처럼 송이송이 뭉쳐 있다. 그때 자전거 몇 대가 연못을 향해 윙윙거리며 달려간다. 연못은 매끈하고, 미동도 없이 기다리고 있는 듯 보인다. 그리고 청년, 노동자, 학생 들이 강가에 모여든다. 재빨리 옷을 벗고 강변으로 뛰어든다. 세차게 부딪치는 물결에 벌거벗은 몸들이 앞으로 밀려 나간다. 그런 뒤 그들은 풀밭으로 몰려나와서 체조를 하고, 권투를 하고, 이슬에 젖은 듯한 나체 위로 햇살이 흘러가도록 내버려 둔다. 이 모든 일은 감독도 평가도 없이, 동화의 숲처럼 아득히 멀리까지 구름에 뒤덮인 탁 트인 자연에서 일어난다. 이윽고 8시 정각이면 모든 것이 끝나고, 야외 수영은 또다시 저녁까지 금지된다. 그러나 아름답게 생동하는 새로운 장면들이 잠에서 깨어나는 공원의 경계 안으로 빠르게 들어온다. 노 젓는 사람이 툭 튀어나오더니 민첩한 리듬으로 온몸을 굽혔다가 다시 편다. 가느다란 보트들이 호수 위에 파문을 일으키며 빛을 내듯 쏜살같이 지나간다. 소리 없는 화살이다. 분주히 움직이는 노만이 뒤쪽 수면을 규칙적으로 매끄럽게 가르며 탁탁 울어 댈 뿐이다. 그러고 나면 영국의 훌륭한 말을 탄 기수들이 나타난다. 말들은 빠른 속도로 가로수 길을 질주한다. 말과 똑같이 강철처럼 다부진 혈기를 가진 사람들. 이곳에서 말들은 관능적으로 그리고 자기 힘에 취해서 엉덩이까지 게거품을 휘날리며 달려간다. 햇살이 더욱 따사롭게 나뭇잎 위에서 흔들리고, 아른거리는 아지랑이가 황야 위로 솟구칠 무렵까지, 오전은 이토록 금세 지나간다. 이제 모든 정원 위로 점심때의 한 시간 휴식이 찾아온다, 햇살을 들이마시고자 탐욕스럽게 하늘로 뻗은 꽃, 풀과 함께 공원도 호흡하는 듯 보이는 그 한순간이. 이 시간 속에 머무는 인간들은 말이 없다. 게으름뱅이는 나무에서 떨어진 묵직한 과일처럼 잔디에 누워 있고, 벤치 위에선 딱히 할 일 없는 몇몇 사람들이 신문을 읽으며 기지개를 켠다. 모두는 위대한 한순간을 기다리고 있는 것처럼 보인다. 그리고 그 순간은 곧 온다. 식사를 마치고 폭풍처럼 사방을 휩쓸고 다니는 아이들, 여린 관절의 아주 앳된 힘으로 서로 공을 주고받는 소녀들, 평지를 펄펄 뛰어다니는 소년들, 책과 신문을 든 오후의 산책자들, 이 모든 것은 단지 서막에 불과하다. 그런데 막 4시에 이르면 런던의 부유함, 우아함과 아름다움이, 즉 오랜 문화적 뿌리를 가진 도시들만이 갖고 있는 구경거리 중 하나가 꿈틀대기 시작한다. 그것은 바로 피커딜리 쪽에서 다가오는, 하이드 파크 코너의 긴 마차 행렬이다. 아마 빈은 5월의 프라터 공원에서 그리고 마드리드는 부엔 레티로 공원에서 이런 장관을 보여 주리라. 여기서 사람들을 아주 놀라게 하는 것은, 다양하고 다채로운 마차들이다. 빈에서는 경쾌한 탄성을 지닌 영업용 마차가 우세하고, 마드리드에서는 장중한 왕실 마차가 소처럼 육중하게 움직이는 모습을 자주 볼 수 있다면, 여기서는 모든 형태의 마차들을 모조리 목격할 수 있다. 문외한의 눈에는 정말로 매력적인 순간이다. 이 중에는 오래된 강철 판화에서 오려낸 듯 중후한 호화 마차도 있는데, 머리에 분을 뿌린 하인들과 마찬가지로 매우 경직되어 보이지만 품위가 있다. 그 뒤로 다시 아주 경쾌한 이륜마차들이 번뜩 지나가고, 자동차들은 그 사이를 부릉거리며 달린다. 모든 박자들이 조화를 이루며 울린다. 성질이 불같은 말들의 안절부절못하는 일면을 보여 주는 조심스러운 발걸음에서부터, 다른 모든 마차들을 뚫고 맹렬하게 지나가려는 성마른 속도까지. 숙련된 기수는 이런 속도로 자신의 경마용 말을 몰아댄다. 그런데 런던의 독특한 마차, '핸섬'의 기이한 모양새가 특히 눈길을 사로잡는다. 이 마차는 조용하고 소음 없는 매끄러운 움직임과, 검은 차체에 걸쳐 있는 핸들의 형태 때문에 어쩐지 이리저리 흔들리는 베네치아 곤돌라를 연상시킨다. 이제 멈춰 있기도 하고 움직이기도 하는 수많은 아름다운 사람들 그리고 화려하게 치장한 사람들의 모습, 사방을 둘러보며 좌석 깊이 기대앉은 여인, 초처럼 몸을 꼿꼿이 세운 운전수, 얼어붙은 것 같은 하인, 호기심 가득한 아이, 의자에 앉은 엄청난 사람들 — 친절한 대중이 온통 넘쳐 난다. 마치 이들을 위해 도시라는 연극을 상연하는 것처럼 보인다. 광택, 색채, 급한 움직임이 수없이 변한다. 무질서하지만 떠들썩하지는 않게, 끊임없이 격앙되지만 조용히. 왜냐하면 가장 활기찬 긴장조차 조용하게 하는 것, 도시의 거대한 혼잡이 질서의 궤도에서 진행되는 것, 그 고요함, 기름 칠한 바퀴 위에서 엄청난 힘의 교환이 소리 없이 일어나면서 아주 거대한 공장을 살아 숨 쉬게 하는 것, 그것이 이 나라 특유의 기운이기 때문이다. 이러한 압력이 이곳에서는 이미 유전되는 듯 보인다. 아이들, 이 놀랍도록 얌전한 애어른 같은 아이들마저 이 화려한 놀이, 몇 시간 동안 오르락내리락하며 저녁까지 진행되는 놀이에 다만 조용히 관심을 보이기 때문이다. 이곳에서 물결이 잦아드는 사이, 다른 쪽 마블 아치 근처에서는 전혀 다른 종류의 무리가 정체되어 있다. 그곳에는 즉흥 연설을 할 수 있는 연단이 설치되어 있는데, 누구나 좋아하는 주제로 자유로이 이야기할 권리가 있다. 영국에는 종파주의자가 충분하므로, 때로는 엉망진창에 더러운 모습을 한 사람들이 야외에서 기꺼이 연설을 들으려 하는 청중 앞에서 자기 의견을 펼치는 모습을 볼 수 있다. 무작위의 청중, 아주 다양한 생각을 가진 선동가들. 이들은 깜박거리는 촛불 속에서, 걸상 위에 올라서서 열광적으로 사람들을 향해, 그들의 머리 위 너머로, 이미 나무 우듬지에서부터 내려앉기 시작한 어둠을 향해 웅변한다. 종교 단체들은 신자들을 둥그렇게 모아 놓은 뒤 찬송가를 선창하고, 이 노래는 사라져 가는 황야 위로 강렬하게 퍼져 나간다. 이곳에서는 일에서 풀려난 삶이 다시 한 번 힘차게 몸을 뻗어 올리며, 자신의 과열된 열기에 불꽃을 붙이려고 한다. 거친 단어들이 날개를 푸드득거리며 날아간다. 마치 저 건너의, 화살처럼 빠른 마차들이 혼잡을 뚫고 달리며 벌써 어디론가 사라져 버렸듯이. 이윽고 황야 위에 안개와 달빛으로 짠 고운 천이 걸리면, 또다시 어떤 것이, 모든 정원의 황혼 피날레, 즉 사랑이 윙윙거리며 날아오른다. 팔짱을

긴 쌍쌍들이 어둠 속으로 미끄러져 들어가 구석구석에서 속삭이고, 그림자가 생기를 띤 듯 보이며, 사람들은 종종 공원을 가로지르며 중국영등(中國影燈)의 대담한 연극을 보게 된다. 뒤엉킨 선율은 단조 화음 속에서 끝난다.

이렇게 공원은 매일매일 규칙적으로 살아간다. 자신의 시간을 꼼꼼히 계산하며 평가하는 영국 사업가들처럼. 그리고 모든 영국인처럼 공원 역시 자신의 일요일을 가진다. 이날 공원은 수많은 사람들로 화려하게 수놓인 휴일의 옷을 입는다. 아침 예배 후, 영국의 '처치 퍼레이드'[16]라고 불리는 고상한 무리들이 커다란 가로수 길을 산책한다. 평소 이 길에서는 마차들이 질주한다. 그리고 이름의 껍질 속에 무심한 얼굴을 감추기를 좋아하는 사람은 이 길 위에서 친절한 친구한테, 저쪽에서 엄청 신중하게 아이와 볼링을 치며 의젓한 걸음으로 얼씬거리는 영국 그리고 다른 나라의 모든 백작들을 가르쳐 달라고 청할 수 있다. 오후에 하이드 파크는 군중에게 장소를 제공하고, 꽃이 만발한 신록과 경쾌한 음악으로 군중을 자신의 입구로 끌어들인다. 그런데 이 공원의 아주 진기한 현상은 바로 이곳이 모든 군중을 남김없이 흡수한다는 점이다. 베를린의 숲 지대인 그뤼네발트의 유일한 오후 간식 시간이나, 빈의 프라터 공원에서 집으로 돌아가는 굉장한 인파와 달리, 이곳은 사람이 아무리 많아도 거의 구약에나 나올 법한 먼지기둥으로 결코 뒤덮이지 않는다. 하이드 파크는 어떤 식으로든 모든 대중을 깨뜨리고 부순다. 나는 그 점을 어마어마한 규모의 노동자 데모에서 직접 실감했다. 거리는 끝없는 행진, 펄럭이

---

16   교회에서 나오는 남녀의 행렬.

는 깃발의 무리, 자욱한 붉은 연기, 쉬지 않는 걸음들로 긴긴 물결을 이루었다. 그런 다음에는 공원에 도착한다. 공원에서는 모든 것이 둥글게 녹아든다. 사방이 넓은 평지다. 이 평지는 세상사에 대해 아무것도 모르며, 방목되는 양들이 어디서 풀을 뜯는지조차 모른다. 공원이 한눈에 보이지 않는다는 점, 이것이야말로 이 공원의 신비이기 때문이다. 한 부분은 다른 부분을 모른다. 그 넓은 승마 도로인 로튼 길도 몇 번이나 휘어져 있다. 그래서 우리 빈의 프라터 공원에 있는 프라터 알레, 즉 우아하게 백묵으로 그린 듯 풀밭에 선명하게 나 있는 길과는 다르다. 우리는 절대 하이드 파크 전체를 완전히 다 가질 수 없다, 절대로. 마치 런던처럼. 여기는 파리와도 다르다. 파리는 사크레쾨르 성당에서 몽마르트르로 내려가, 넓은 가로수 길을 지나고 오페라 하우스를 지나쳐서, 센강을 건너 판테온으로 혹은 뤽상부르 공원으로 향하면 모든 것을 다 봤다고 말할 수 있다. 여기서는 결코 한 번에 핵심을 다 가질 수 없다, 런던에서는, 하이드 파크에서는 말이다. 사람들은 차츰차츰 이곳의 규모와 충만함에 익숙해진다, 마치 걸리버가 거인의 나라에서 육중한 크기에 익숙해지듯. 공원은 모두에게 무척 많은 것을 주지만, 개인에게는 너무 적게 준다.

그리고 특히 하이드 파크는 사실 아무것도 주지 않는다. 오히려 우리가 이곳으로 모든 것을 가져가야만 한다. 하이드 파크는 꿈이 자라는, 덤불 속에서 기억과 신비스러운 공주님들이 기다리는 그런 공원이 아니다. 그 어떤 시인도 이 공원을 노래하지 않았으리라. 공원이 그 충만함을 어느 누구에게도 나눠 주지 않았기 때문이다. 하이드 파크는 망각에 저항하고자 매 순간 추억의 책 속에 자신을 써넣는 그런 작은 공원들과 같지 않으며, 파리 사람들이 즐겨 연인들의 공원이라고 부르는, 잘 심긴 짙은 초록 사이에서 시인들의 새하얀 입상이 무심히 빛나는 예쁜 몽소 공원과도, 마치 음울한 몽상처럼 어마어마한 검은 사이프러스가 감각을 에워싸는 이탈리아 베로나의 작은 주스티 정원과도 같지 않다. 또한 야생 백조가 푸른 연못 위에서 몸을 떨고, 프로방스 지역의 잊을 수 없는 광경이 기다리는, 높이 솟은 아비뇽 성채 안의 밝고 작은 교황의 정원과도 같지 않다. 하이드 파크는 알람브라 궁전으로 이어지는 놀라운 느릅나무 길처럼 기억을 선물하지도, 세비야에 있는 왕의 정원처럼 이국적인 꿈을 선사하지도 않는다. 또한 햇살이 비치는 9월의 어느 날, 황금색 나뭇잎이 길 위로 가득 쏟아지는, 어쨌든 죽음 속에서 아직 삶의 미약한 쾌활함을 경고하는 빈의 쇤브룬 궁전 같지도 않다. 아니다, 하이드 파크는 꿈으로 유혹하지 않고, 삶으로, 스포츠로, 우아함으로, 자유로운 움직임으로 유혹한다. 이 공원이 그저 상냥하고 천연하게 세월을 보내는 꿈을 위한 장소였더라면, 또한 유용하지 않았더라면, 이미 오래전에 영국 사람들은 이 공원을 주택으로 꽉 채웠을 것이며, 기찻길을 놓아서 소음이 진동하도록 했을 것이다. 사람들은 이곳에서 곧 현실이 될 꿈만을 사랑한다. 그리고 영국의 진정한 꿈은 하이드 파크가 아니라 여전히 이탈리아다.

옥스퍼드

나는 또다시 모든 영리한 사람들에게서 멍청하다는 소리를 들었고, 학생들이 이미 방학에 들어갔을 때, 그제야 옥스퍼드로 갔다. 이런 선택 역시 어리석은 짓이라 여기겠지만, 나는 잘한 일이라고 생각한다. 왜냐하면 모든 학생들의 기쁜 활기, 옛날 복장의 다채로운 강렬함, 품위 있는 행렬이 보여 주는 잘 훈련된 장엄함이 지금 나에게는 고요하고 적막하게, 마치 꿈 없는 잠처럼 쓸쓸한 도시를 감싸는 고귀한 고독만큼 가치가 없기 때문이다. 이것은 밝고 거의 찬란한 고독으로, 슬픔도 이리저리 무리 지어 떠도는 황량한 기억들도 전혀 없다. 버려진 군주의 도시들, 죽은 도시들, 벨기에의 브루게와 이프르, 스페인의 톨레도 같은 도시들은 황량한 기억으로 가득하다. 하지만 옥스퍼드에는 그저 고요함, 후덥지근한 여름의 고요함, 숨차는 여름의 고요함, 활기 없는 고독, 침묵 그리고 잠만이 존재한다. 마치 누군가 잠들어 있는 방을 지나가듯 사람들은 조심스레 이 집에서 저 집으로 건너다니고, 엿듣는 사람처럼 살그머니 햇살 가득한 마당으로 나가서, 행여 자기 걸음이 포석을 울리면 거의 겁을 먹기까지 한다. 대학 생활의 다양한 가면이 진짜 얼굴에서 떨어져 나와 흐릿한 잠 속에서 쉬고 있다. 이처럼 옥스퍼드는 어슴푸레한 여름날에 모습을 드러낸다. 입상처럼 냉정하지만 여러 색깔로 가득 차 있는, 심오한 의미가 담긴 옆얼굴을 보여 준다. 사람들은 그 아름다운 선을 진심으로 지키려 하는, 강한 유혹을 느낀다.

두세 달 동안 도시는 이렇게 눈꺼풀을 닫고, 입을 다물고, 피를 멈춘 채 지낸다. 매해 영국 전역에서 몰려드는 수많은 젊은이들, 대학생 삼천 명의 즐거운 생명력 대신에 고루하고 시골스러운 고요함이 사방에 깔려 있다. 영국, 불충분한 힘의 나라가 자신의 기력을 한데 집중시키기 때문이다. 포츠머스, 리버풀, 사우샘프턴 및 다른 거대한 항구 도시들이 거대한 조직에게 밥을 먹여 주는 손이라면, 런던은 조용하게 진동하며 영원히 일하는 심장, 끝없는 박동으로 모든 피의 물결을 혈관을 통해 막힘없이 내몰아 대는 심장이다. 그렇다면 옥스퍼드는 영국의 뇌로서, 교육받고 생각하는 힘이다. 혹은 ― 골상학적으로 더 정확히 말하자면 ― 뇌의 절반으로, 다른 절반은 케임브리지일 터다. 백여 년 전에 교육받은 인물들이 두각을 나타냄으로써 영국은 지적인 삶의 모든 영역에서 존경과 영향을 독차지하고 있다. 아마 그 까닭은, 저명한 이름들로 장식된 이 원천들 덕분이라 할 수 있다. 옥스퍼드는 비할 데 없는 명예의 전당으로, 시인, 정치가, 학자, 철학자, 화가, 총사령관 등이 넘쳐 난다. 이들은 인간의 완벽성이라는 영원한 과일나무의 싹이 절대 쇠약해지지 않도록, 즉 1000년 전과 마찬가지로 동일한 지력을 유지하게 해 주는 거름이다. 그 당시 수도사들은 글과 예술이 사라졌기 때문에 믿음을 보호하고자 이곳에

학교를 세웠다. 그리고 다른 곳에서처럼 모든 배교자들을 길러 냈다. 그것은 일련의 집요한 싸움으로, 위대한 이교도 위클리프로부터 시작해서 수백 년을 거쳐, 비판적인 무신론자 셸리와 오스카 와일드에까지 이어졌다. 시기마다 이곳에는 기념비가 세워졌고, 창조적인 인간들의 변화하는 작품들이 생산되었으며, 대학생들을 위해 성같이 높고 보다 실리적인 건물들이 축조되었다. 그리고 각각의 개별 대학들도 생겨났다. 이들, 도시 내의 대학 도시는 유기적으로 연결되어 있다. 그런데 이들이 이 평화로운 도시 한가운데에 진을 치고 밀집 대형으로 도열해 있는 음울한 군대인지, 아니면 언제든 이동할 수 있는 불안한 종군 상인 무리처럼 알록달록한 시골집들이 학교의 진지한 대열 주변에 바싹 달라붙어 있는지, 뭐라 단언할 수 없다. 차츰차츰 이곳 대학들은 스물네 개[17]의 단과 대학이 되었고(최초에는 세미나의 의미가 이러한 '단과 대학', 대학 졸업 자격을 얻기 위한 '종합 자유 예비 학교'의 표상을 대신했다.), 세월이 흐르면서 이제 이 대학들은 형제자매처럼 서로 밀접한 관계를 맺고 있다. 첨탑과 벽으로 둘러싸인 이 성들은 피렌체의 적대적 가문의 성채처럼 마주 보고 서 있다. 이들은 무장한 요새처럼 보인다. 서로 우위를 놓고 경쟁했지만, 이들의 경쟁 방식은 이미 오래전에 유혈이 낭자하던 작은 전투에서 규칙에 따라 겨루는 크리켓 경기로, 그리고 쏜살같이 달리는 8인승 보트 경기로 제법 고상하게 변했다. 각자 경계를 긋고, 바깥 도시에 대해서는 폐쇄적인 태도로, 이들은 전통 위에 쌓아 올린 고유한 규율을 가지고 있다. 스스로 선택한 독자적인 교사들,

---

17   현재 옥스퍼드에는 서른여덟 개의 단과 대학이 있다.

독자적인 지도자, 독자적인 정원, 독자적인 교회를 말이다. 가령 이들은 이토록 독특한 대학 국가 안에서 살아가는 독자적인 민족이라 할 수 있다. 이들은 영국의 위대한 남자들을, 자신들의 배움터에서 같은 학문을 배웠던 이들을 애정을 가지고 영웅과 성자처럼 존경하며, 스포츠에서도 자기들의 승리를 정확히 추구한다. 전혀 불쾌하지 않은 이런 분리주의는 일 년에 두 차례, 하나의 국민감정으로 녹아든다. 옥스퍼드가 일치단결해서 케임브리지에 맞서 싸우는 날에 말이다. 뜨거운 여름날 템스강에서 싸움이 벌어지고, 양측 대학의 수많은 선배들이 전 영국에서 몰려든다. 이제 대학교 사이에 크리켓 결선 경기가 벌어진다. 이를 위해 오랫동안, 우리로서는 전혀 이해되지 않는 지구력을 가지고 훈련한다. 마치 잠자리처럼 푸른 수면 위에서 떨며 빛을 발하는 수많은 보트들, 드넓은 초록빛 벌판 위를 재빠르게 오가는 하얀 불꽃 같은 선수들, 호기심 가득한 밝고 다채로운 무리들, 고풍스러운 거리에 넘쳐 나는 물결. 이는 오래오래 기억할 만한 광경이며, 분명 즐거운 군중의 잊히지 않는 추억이다. 다른 어떤 나라도 이러한 광경을 이토록 질서 정연하고 장려하며 다양하게 보여 줄 수 없으리라.

그러나 지금 꿈처럼 평온히 쉬고 있는 도시가 보여 주는 윤곽들도 경이롭다. 실제 삶은 아니지만, 그렇게 온전히 옛것들 안에 거하고 있는 이 은밀한 활기, 그 말 없는 몸짓 속에서 많은 사람들의 목소리보다 훨씬 더 많은 것을 들려주는 이 이해할 수 없는 언어. 어떻게 이런 일이 일어날 수 있을까? 영국의 위대한 수필가 찰스 램도 언젠가 방학 중에, 옥스퍼드에서 이에 대해 곰곰이 생각했다. "과거여, 너 놀라운 마술사여, 아무것도 아니며 모든 것인 그대는 무엇인가? 그대가 존재했을 때, 그때 그대는 과거가 아니었다, 그때 그대는 아무것도 아니었으며, 맹목적인 존경을 품고 과거를, 그대가 불렀던 그 과거를 돌아다보았고, 자신을 하찮고 무미건조하고 현대적이라 생각했다. 이런 유예 속에 어떤 비밀이 숨어서 기다리고 있는가? 아니면 우리는 머리 하나뿐인 야누스, 존경을 품고 영원히 뒤를 돌아보지만, 그런 존경으로 앞날은 볼 수 없는 한쪽 머리만 갖고 있는 야누스인가? 놀라운 미래, 그것은 우리에게 아무것도 아닌 동시에 모든 것이기도 하다. 그리고 과거, 아무것도 아닌 것, 그것이 우리의 모든 것이다." 침묵하고 있는 사물들의 완고한 고집을 느끼자 으스스해진다. 이 느낌, 그래, 이 느낌 역시 백 년 뒤에는 또다시 과거가 될 테고, 똑같은 장소에서, 말 없는 말 속에서 되살아난다고 생각하니 정말 이상하다. 똑같은 말들이 회색빛 돌에서 여전히 살아 숨 쉬고 있기 때문이다. 그리고 성벽은 측량할 수 없는 세월 동안 여전히 미동도 없이, 이곳으로 몰려드는 사람들을 향해 그 말을 전해 주기라도 할 듯하다. 그 말은 성벽의 침묵 속에서 언어의 울림과 선율을 지닌 것들보다 더 지속적으로 영향을 끼친다.

이 높고 위협적인 성문들 중 하나를 지나면 놀랍도록 침착한 광경이 누군가를 기다리고 있다. 그 아름다움은 아무리 반복해도 약해지지 않는다. 그곳에는 넓은 사각형의 녹색 마당이 아주 고요하게 있고, 이글거리는 햇빛을 가르며 분수가 장난치듯 물줄기를 뿜어 대며 서늘한 교회의 내부처럼 정지된 대기 속으로 솟구쳐 오른다. 해묵은 회색 담들이 이 밝은 풍경의 경계를 이룬다. 담장의 거친 이마 위에 무성한 담쟁이가 묵직한 화관을 풍성하게 둘러 주고, 덩굴은 창문을 향해 기어 올라가서 칙칙한 손으로 가끔은 높은 용마루까지 움켜잡는다. 이 초록빛 담쟁이 벽은 돌출 창에서는 온순하게 아래로 몸을 숙이고, 우울한 발코니에서는 잔디밭을 향해 떨리는 올가미들을, 꽃이 활짝 핀 줄사다리들을 늘어뜨린다. 부드러운 미풍이 이 줄사다리들 사이에서 살랑댄다. 이 짙은 초록빛 안에는 은밀한 생명이 존재한다. 꽃들이 그것을 빨강, 눈부신 노랑으로 깜빡깜빡 수를 놓고, 우짖는 제비는 그것에게 다정한 목소리를 빌려준다. 가느다란 기둥들로 둘러싸인 수도원의 복도가 이어진다. 이 뜨거운 6월의 시간이 주는 고요함은 수도원과 같고, 오래된 해시계가 이 시간의 조용한 걸음을 잰다. 종종 가까이서 세월의 깊고 아름다운 곡조, 묵직한 음색을 가진 종들이 울리는 소리도 들린다. 나는 당황한 듯 이곳 마당을 가로질러 간다. 이러한 고요를 이해하기에는 거의 무능력한 상태로 말이다. 아마도 런던 거리의 격렬한 소음이 여전히 귓가에서 윙윙대고 있기 때문이리라. 점차 시간이 흐른 뒤에야 그 고요가 서늘하게 혈관을 타고 흐름을 느낀다. 가슴을 활짝 열고 깊숙이, 쾌락적으로 고요를 들이마신다. 여기에 머물고 싶고, 쉬고 싶고, 쉬기 위해 여행을 잠시 중단하고 싶다. 그러나 좌우 아케이드 아래에 있는 작은 문들, 어두운 아치가 유혹하고, 이 모든 것들은 예기치 않은 경치를 선사한다. 그 문 중 하나가 아주 오래된 교회의 거의 축축할 정도의 냉기 속으로 안내한다. 교회 깊숙한 곳에서 제단의 붉은 우단은 보랏빛을 내고, 다른 문은 작은 계단으로 이어지며 곧장 복도로 끌어당긴다. 지금은 이 복도가 적막할 뿐이지만 보통은 잇달아 있는 방마다 대학생들이 기거하고 있다. 유리창 주변으로 덩굴의 초록빛 미광이 가물가물 빛을 낸다. 밝고 쾌적한 방들이다. 그곳의 복도 중 하나를 따라가면 도서관이 있다. 그곳에는 라파엘과 미켈란젤로의 유명한 스케치가 보관되어 있다. 그리고 여기에서 다시 나선형 계단이 탑을 향해 올라가고, 탑에서 내다보면 돌연 도시의 초록 바다가 한눈에 들어온다. 이 초록 바다 위로 마치 뾰족한 회색 거품 방울처럼 수많은 탑과 작은 누각 들이 튀어 오른다. 이 사각형 마당의 한 귀퉁이를 돌면, 둥근 아치로 된 고요한 통로에서 갑자기 도도히 흐르는 초록빛이 쏟아진다. 비바람에 시달린 담 한가운데서 빛나는 초원, 살랑대는 키 큰 나무들, 전율하며 빛을 발하는 꽃들, 넓고 밝은 정원이다. 좌우로 복도, 정원, 방들 속에 매력적인 무질서가 뒤얽혀 있다. 자라나는 나무들과 건물들이 벌이는 화려한 싸움이다. 너무나 아름다워서 실제의 목적을 잊어버린 채, 놀라서 이곳이 대학이라는 사실을, 꽃, 나무, 덩굴 식물에 점령당한 버려진 수도원이 아니라는 사실을 새삼 기억한다. 그리고 저 높이 회색 띠를 두른 암석, 그것의 가혹함과 장중함은 온화한 꽃 장식을 통해 한결 부드러워진다. 냉혹함 속의 부드러운 우아함은 이 벽들 안에서 보내는 대학 생활의 상징처럼 보인다. 대학 생활은 고요하고 기발한 생각에 몰두하는 수도원 같은 아름다움을 지녔지만, 한편 수도원답게 엄격함 역시 존재한다. 수도사풍의 고요한 방들에서는 항상 어떤 눈길이 꽃으로 뒤덮인 열린 문, 삶을 바라본다.

방학 중의 모든 단과 대학은 이런 모습이다, 햇살 속의 버려진 수도원, 밝은 정원들, 텅 빈 비둘기장…… 단과 대학은 각 시대마다 설립된 까닭에, 우리가 생각할 수 있는 모든 건축 양식으로 지어졌고 한데 뒤섞여 있다. 또한 서로서로 떠밀리고 보충되고 복원되었다. 그러나 사람들은 불협화음을 느끼지 못한다. 공기가 어디든 똑같이 무른 암석을 잿빛으로 덮어 버렸고 부스러뜨렸기 때문이다. 초록이 도처의 자질구레한 것들을 덮어 버리면서 흙벽을 분주하게 기어오른다. 때때로 여기 이 높은 성들은 그저 담쟁이와 흔들리는 가지들로 만들어진 듯 보이며, 암석은 고요한 돌이 아니라 계단식으로 조성한 난간, 흐트러진 정원, 꽃과 잎으로 짜인 덧없는 직물처럼 보인다. 각 단과 대학의 고유한 아름다움은 내부에서, 방들과 정원에서 비로소 모습을 드러낸다. 저기 세인트 존스 칼리지가, 15세기 때 세워진 건물이 서 있다. 전면이 풍화된 건물은 넓은 공원을 향해 명상하듯 고개를 숙이고 있다. 나무가 드리운 살랑거리는 차양 아래, 여기저기 자리한 벤치 위에 고귀한 복장을 한 몇몇 대학생이 앉아 있다. 고요함, 여름 한낮의 고요함, 사방이 그렇다. 그리고 가끔 새들만이 과감한 장식음을 나직이 지저귄다. 모들린 칼리지도 보인다. 도시 경계에 위치한 이 대학은 정원들 때문에 멀리 건초로 뒤덮인 초원으로 흘러드는 듯하다. 그곳의 푸른 혈관 같은 운하들은 흘러가는 대로 스며들고, 정원의 쇠문까지 흘러와서 문을 두드린다. 여기 나무들은 정원에서 평야로 뻗은 좁은 공원 길을 따라 죽 늘어서 있다. 고요한 길, 애디슨스 워크는 물가에 있는 이 고요한 들판을 향해 열리고, 모기들의 경쾌한 춤이 물을 반짝반짝 빛나게 한다. 가끔 보트가 지나가고, 가끔 학교에 남아 있는 단과 대학의 학생이 지나간다. 그리고 천천히 이 길을 걸어서 서늘한 성벽, 햇빛 속에서 반짝이는 첨탑을 지나 들판의 고요함을 향해 나아간다. 죽은 돌의 침묵에서부터 움트기를 기다리는 씨앗의 침묵 속으로. 맑은 여름날의 이런 광경은 놀랍다. 나는 쓸데없이 아름다운 그림을 찾아서 기억의 책장을 넘긴다. 사실 카사노바가 언젠가 이런 말을 한 적이 있다. 자기가 여인을 품고 있는 한, 그 여인이 세상에서 제일 아름다워 보인다고 말이다. 어쩌면 풍경도 이와 같아서, 지금 팔로 감싸 안은 풍경이, 그 유대 관계가 그늘진 기억을 눌러 버린다. 그러나 나는 이폴리트 텐이 존 스튜어드 밀에 관해 쓴 수필에서 옥스퍼드를 언급한 유명한 대목들, 수많은 이슬방울 보석이 자라나는 초원에 대한 묘사들을 떠올리며 오직 이 길에만 통용될 수 있는 표현이라고 느꼈다. 이 길은 부드러운 손길로 정원들을 이끌어 고요한 초록빛 들판으로, 그들의 고향으로 다시 데려간다.

그런데 여기서 영국인들이 이 대학 도시를 부러워하지 않는다고 판단하기는 어렵다. 일단 졸업생은 결코 잊을 수 없는 이곳의 이미지를 가져갈 것이기 때문이다. 이 이미지는 학창 시절의 기억을 아름다운 나무들, 고요한 정원, 숨 쉬는 고독과 밀접히 연결해 주리라. 우리에게는 학창 시절의 어떤 기억이 남아 있는가? 땀이 밴 독서실의 먼지 냄새, 누군지도 모르며 내적 의미에서 절대 친근하게 느껴지지 않는 수많은 젊은이들이 들어찬, 습기 차고 시끌벅적한 강의실에 대한 왠지 언짢은 기억뿐이다. 우리가 기억하는 아름다움, 기쁘고 내밀한 즐거움은 늘 학교 밖 여기저기에 있지 않았던가? 그리고 그것들을 그저 은밀하게, 때로는 금기에 맞서며 누릴 수밖에 없지 않았던가? 옥스퍼드, 이 단어는 마력으로 위력을 발휘하며 여전히 허공에서 이리저리 떠돈다. 그러면 벌써 덩굴이 우거진 오래된 벽들이 불쑥 떠오르고, 성문, 초원, 떼 지어 다니는 보트들이 물결에 무늬를 그리는 템스강이 떠오른다. 그것을 함께 경험한 모두를 위한 기억, 유익한 독서의 나날뿐 아니라, 놀이와 운동과 초원에서 휴식을 즐기던 시절의 기억이 말이다. 우리는 부질없이 기억의 마법 반지를 돌린다. 우리에게는 학창시절의 그 같은 환상을 다채롭게 보여 줄 만한 은밀한 공식이 부족하다.

그리고 여기 대학들을 감싸듯, 똑같은 덩굴들이 덜위치와 이튼의 학교들을 그물처럼 덮고 있다. 사방에 초록이 유혹하듯 창문까지 덮여 있고, 항상 가까이에서 그리워하는 사람을 맞이한다. 우리는 고향에서 추억이라는 그물망으로 우리 마음을 감싸는데, 여기서 또다시 그 그물망에 붙은 선입견을 떼어 버려야 하리라, 무미건조한 영국인이라는 선입견을. 어쩌면 영국인들은 내심 예술을 애호하지 않을 수도 있다. 하지만 아름다움을 향한 강인하고 강렬하며 거의 폭력적인 그들의 힘, 그것이 우리가 독일에서 완성한 적잖은 수의 훌륭한 시보다 더 많은 것을 완성해 내지 않았던가? 영국인들은 세상에서 가장 드넓은 석재 건물의 바다, 바로 런던 안에 어마어마한 정원들을 흩뿌려 놓았다. 혹독한 전쟁 시기에도 국립 및 개인 갤러리를 모든 시대의 엄선된 예술 작품들로 채웠으며, 학교에는 어두운 과거의 가장 매력적인 형태를, 들판의 생기발랄한 삶과 결속된 형태를 부여했다. 그들은 다른 어떤 민족보다도 그리스인과 유사하다. 젊은이들은 다시 육체의 놀이를 발견했고, 이성적 힘을 최고의 목적으로 삼았다.

내 생각에 옥스퍼드 출신의 학생은 세 가지를 얻는다. 첫째는 다소 무거운 지식이 든 여행 가방, 둘째는 세련되고 단련된 신체의 힘. 그리고 마지막으로 바람에 흔들리는 나무의 초록 그늘 아래에서, 서늘한 수도원의 아치형 지붕이 있는 통로에서 보낸 나날의 기억, 잠과 잠 사이의 수많은 시간 속에 자리한 아름다움에 대한 기억을 얻는다. 바로 기억을, 어떤 소유물을 얻는다. 이 소유물은 무의식적이며 중요하지 않은 듯 보이지만, 은밀하고 생기 있게 혈액을 가득 채우며, 모든 감각을 더욱 경쾌하게, 더욱 감사하게, 더욱 풍부하게 한다. 기억은 눈에 띄지 않고 온화하게 과거를 현재에 바싹 달라붙게 한다. 풍화된 장벽들을 기어오르는 옥스퍼드의 이 초록 덩굴, 이것은 놀라운 힘을 지니고 있다. 초록 덩굴들은 조용히 우리를 감싸고, 심장으로 파고들고, 차츰 자라면서 조용한 그리움으로 이 아름다운 도시와 심장을 이어 놓는다. 이 오래된 장벽들과 떨어지려 할 때, 우리는 꼭 달라붙은 채 떨어지지 않는 이 초록 덩굴의 힘을 느끼고, 그렇게 장벽을 성급히 휘감는 덩굴, 그 피어나는 사슬을 거의 고통스럽게 갈기갈기 잡아 뜯는다, 그러나 덩굴들은 절대 우리를 완전히 자유롭게 풀어 주지 않는다. 덩굴의 초록빛 미광은 옥스퍼드 주변으로 그곳 젊은이들이 엮어 낸 그물을 던진다. 그러면 우리는 덩굴 그늘의 서늘함과 흩날리는 꽃들의 여름 향기, 둥지를 튼 새들의 나직한 지저귐을 느낀 듯 생각하게 되리라.

몽마르트르 축제

단 하룻저녁에 커다란 변화가 일어났다. 황혼 속에 잠긴 화려한 대로들, 파리의 심장을 묶는 이 회색 사슬은 창백한 가로등, 안개에 축축이 젖은 헐벗은 나무들, 집으로 서둘러 돌아가는 노동자들의 모습과 함께 여전히 슬프게 저기 놓여 있다. 클리시 거리, 바티뇰 공동묘지, 로슈슈아르 대로는 익숙한 빈민의 얼굴을 보여 주었다. 그을음투성이에다 불쾌한 얼굴을. 슬픈 일상이 여기저기 도처에 깔려 있다. 그런데 저기 묵직하고 신비스러운 차량의 긴 행렬이 나타났다. 창살 달린 죄수 호송용 초록색 차량과 다르지 않게 생겼다. 스무 대, 마흔 대, 백 대가 다가왔다. 돌이 깔린 도로 표면은 밤새도록 진동했고, 사람들이 큰 소리로 외치고 다녔다. 낯설고 여전히 불가사의한 삶은 새로운 날에 영향을 주기 시작했다. 다음 날에도 아직 많은 말을 들려주지 않았다. 목수들은 높은 비계 위에서 체조하듯 민첩하게 움직였고 막일꾼들은 모든 통로를 막았다. 그리고 무수한 망치질의 어수선한 리듬이 귀에 쩽쩽 울렸다. 온갖 종류의 것들이 벌써 변장을 벗었다. 미국식 롤러코스터 같은 꼬불꼬불 경사진 궤도는 다른 무엇으로 오해할 여지조차 없었고, 둔중한 울음소리가 울려 나오는, 사방이 창살로 되어 있는 커다란 나무 상자 안에 무엇이 들어 있는지도 의심의 여지 없이 분명했다. 너른 광장에서는 벌써 거대한 회전목마의 회전대를 확연히 알아볼 수 있었고, 회전대의 증기 기관들은 느리고 한숨 쉬듯 삐꺽거리며 자기 힘을 시험해 보고 있었다. 아직 이틀 남았다. 그러면 그 뒤에는 모든 것이 완성되리라. '뷰트'[18]의 커다란 민중 축제, '몽마르트르 축제', 파리의 유흥 지역에서 열리는 축제가 시작되었다.

무척 즐거운 축제다. 아무 목적이 없기 때문에 더욱 즐겁다. 이 국민 축제 무렵이면 정말 파리 전체가 길 위에서 춤을 춘다. 그러나 역사적 상황은 이 즐거움을 의미심장하게 하고, 심지어 정치적 성격마저 부여한다. 이 기간 동안에는 파리 전체가 이렇다. 북쪽에서 남쪽으로, 동쪽에서 서쪽으로 즐거움이 넘쳐흐른다. 그러나 이번에는 '불경스러운 산'의 작은 한구석, 어떤 적당한 동기도 필요 없이 신나게 웃고 떠들 수 있는 이곳만이 축제 분위기로 가득했다. 이 축제는 다소 촌스럽고 자부심도 없으며 여행 안내서의 별점조차 없는, 전혀 대도시답지 않은 구경거리다. 피아노 즉흥 연주처럼 신명 나고, 우아함이란 전혀 없는 거리의 여인처럼 아름답다.

수백 개의 노점이 나란히 붙어 있다. 우선 빈의 놀이공원인 부르스텔프라터를 떠올릴 수도 있다. 하지만 그곳의 전형적인 석재 노점들과, 이미 모차르트 시대 때부터 사람들을 즐겁게 해 주던 구식 칼라파티(Calafati) 회전목마가 이곳에 있을

리 없다. 그러나 근본적으로는 동일하다. 왜냐하면 아이들의 특성이 비슷하듯 대중의 특성도 그러하기 때문이다. 세련되지 못한 취향은 국제적이다. 질적 완성도와 섬세한 뉘앙스보다, 인상의 강도에 가치를 두는 취향 말이다. 아이들처럼 밝고 시끄럽고 잔인하고 화려한 것을 향해 위태롭게 나아가는 취향, 이런 취향에는 가물대는 빛이 금으로 보이고 재빠른 속도는 마술로 보인다. 따라서 인간의 모든 저급한 나약함과 부담의 유일한 덫은 바로 이 같은 대목장이 서는 날이다. 세상 물정에 어두운 모든 멍청이들이 덫에 걸린 채 돈 몇 푼으로 자기 나약함의 값을 치른다. 우쭐대는 남자가 볼품없는 무기로 원반을 쏴서 표적을 거의 맞혔다. 번쩍이는 훈장 — 거의 모든 프랑스인의 최고의 꿈 — 이 몇 프랑을 낭비한 대가로 주어졌다. 참을성 없는 사람은 바스티유를 모방한, 탄식과 쇠사슬의 철컹거리는 소리가 울려 나오는 나무 상자 앞에서 오래 견디지 못한다. 이 분 뒤 그는 기분 나쁜 얼굴로 다시 신음하는 사람 곁에 다가서고, 이 사람의 주머니 안에서는 잔혹함을 견디지 못한 이가 쓴 선심, 적선받은 돈이 짤랑거린다. 미신을 믿는 사람이 종이에 생각을 적는다. 약에 취한 사람이 (두 푼을 받고) 이 종이를 신비스러운 액체에 담근다. 꽉 차게 쓰인 글의 맞춤법은 대부분 맞지 않는다. 미신을 믿는 사람은 이 종이(혹은 다른 종이)를 돌려받으면서 좀체 이해할 수 없는 통지를 듣는다. 소박한 사람들 한 무리가 커다란 그림들 앞에 서 있다. '오베르뉴 농장'을 묘사한 그림인데, 아주 특이하게도 거기에는 전대미문의 기이한 동물들이 있다. 근심 어린 얼굴의 어린 농부 하나가 흥미를 가지고 주변에 서 있는 교수들에게로 이 동물들을 데려간다. 교수들도 기이하기는 마찬가지다. 동물들은 노파심에 스스로가 무엇인지 설명한다. 머리 두 개를 가진 암소 아래에 다음과 같이 또박또박 쓰여 있다. '나는 두 배의 암소입니다.' 어깨에서 바닷가재가 자라나는 황소도 자기 처지를 한탄한다. 천진난만한 이들 중에 이런 광경을 보고 싶어 하지 않을 사람이 어디 있겠는가. 쉽게 잘 속는 파리 시민들, 이런 상황에서 바보스럽지 않을 수 있는 파리 시민들이 얼마나 되겠는가? 사람들이 큰 무리를 지어 들이닥친다.

히드라의 수천 개 팔이 노름꾼을 향해 쭉 뻗어 나온다. 이곳에서는 거의 아무것도 팔지 않는다. 모든 것을 노름으로 벌어들일 뿐이다. 자그마한 룰렛 수백 개가 빙빙 돌고, 사람들은 모든 게임에서 다 이길 수 없는 법이다. '숙련도 게임'에서 고무 고리를 던져 넣도록 일 미터 거리에 세워 놓은 칼, 샴페인 병 ── 당연히 모르는 상표다. ── 과 권총, 오페라 망원경, 반지, 번쩍이는 온갖 종류의 쓸데없는 물건들. 먹거리도 있는데 대부분 토끼나 닭, 오리, 카나리아 그리고 과자다.

나는 유쾌한 장면도 봤다. 사람들이 환호하는 가운데 어떤 운 좋은 사람이 돼지에 당첨됐다. 펄펄하게 살아 있는 분홍빛 돼지였다. 이 돼지는 승자가 누릴 수 있는 흥의 절정이었다. 그가 예쁘게 말려 있는 부드러운 돼지 꼬리를 꼬집으면 돼지는 큰 소리로 꽥꽥거렸다. 그러자 돼지 주인 옆에 있는 동물원의 흑인 호객꾼이나 말을 타는 텍사스 사람에게보다 더 많은 군중이 승자한테 주목했다. 하지만 즐거움은 너무 빨리 사라져 버렸다. 애석하게도 승자에겐 돼지를 데려갈 방법이 없었기 때문이다. 그는 돼지 대신에 오 프랑을 받았다. 이러면 사실 도박사가 이득이다. 나는 처음에 도박사가 룰렛을 조작했다고 생각했으므로, 룰렛을 하는 사람들을 어리석게 여겼다. 그러다가 잃는 자보다 승자가 더 많음을 보고, 이제 도박사를 멍청하다고 생각하게 되었다. 그러나 결국 도박에서는 대부분 건 돈보다 딴 돈이 무가치함을 알기에, 과연 누가 어리석은지 깨닫게 되었다.

그럼에도 구경거리는 정말 멋졌다. 다채롭게 번쩍이는 빛과 아이들의 웃음소리로 가득했다. 그 미망 속에서 정말 유쾌했고, 그 혼잡 속에서 미친 듯 재미있었으며, 그토록 게임에 몰두하는 사람들의 헌신적이며 기꺼운 어리석음이 부러울 정도였다. 그리고 그 안에는 파리풍의 우아함이 깃들어 있었다. 때로는 사람들이 멋진 숙녀처럼 그렇게 우아하게, 때로는 둘씩, 넷씩 빗자루 위의 마녀처럼 경박하고 육감적으로 회전목마의 귀여운 돼지 위에 올라탔으니 말이다. 이들은 가난한 소녀로, 몽마르트르의 마지막 창녀들이다. 하지만 그들은 작은 돼지 위에 멋지게 앉아 있다. "온통 돼지뿐이군." 나는 말했다. 여기에 다른 목마는 없었기 때문이다. 여기서는 모든 것이 이 귀여운 짐승의 표식 아래에 있고, 회전목마도 최신 샹송 「남자들은 모두 돼지야」의 멜로디에 따라 돌고 있었다. 과자점에도 표면에 하얀 설탕으로 가늘게 이름을 쓴 작은 돼지 모양의 마르치판[19]이 있었다. '조르주'와 '이본'이 그들의 사랑을 깨닫고 또 서로를 존경한다는, 그런 애정 어린 마음의 상징이다. 어디서든 그렇듯, 여기에서도 모든 유희에 투신하는 사람들의 유쾌한 성향만이 가장 의미 있다.

이런 구경거리는 유독 밤에 아름답다. 기나긴 길이 흰빛속에서 반짝이고 수많은 색색의 불꽃이 껌뻑거리며, 열광과

---

19   편도가 든 아주 달콤한 과자.

환호와 음악 소리가 울려 퍼진다. 이 길은 새하얀 줄이 되어 어둡고 고요한 집들의 바다를 가른다. 멋들어진 시적 분위기가 이 길에 미지의 나라를 만들어 준다. 모든 축제에서처럼 여기에서도 익살과 아름다움 사이엔 서로 격차가 있기 때문이다. 사람들이 눈치채서는 안 된다. 불빛이 비치는 천막들은 전깃불을 밝힌 판잣집이고, 가수들은 지쳤으며 벌써 칠십 번째 노래를 부르려 한다는 것, 빨리 도는 회전목마 안에서 그리고 지나치게 화려한 불빛 속에서 소녀들은 놀라울 정도로 아름답게 보인다는 것, 그녀들과 이 모든 것들이 그저 미지의 나라의 가물대는 빛과 흥분일 따름이라는 사실을 말이다. 우리가 이 사람들을 좁은 몽마르트르 골목에서 만난다면, 진이 빠지고 지친 얼굴, 불쾌한 움직임 때문에 분명 숨이 막힐 것이다. 그리고 다시 '인간 희극'[20]이라는 영원한 연극 앞에서 잠시 멋지게 드리운 장막이 걷히게 되리라.

---

20 오노레 드 발자크가 '소설에 의한 사회사'로서 집필한 자기 작품들에 붙인 명칭.

뉴욕의 리듬

이 정신없는 도시, 동시에 그 낯선 다양함에 놀라기도 하는 이 매력적인 도시에 나는 며칠간 머물 예정이다. 이 도시를 완전히 이해하기에 충분한 시간은 아니다. 수많은 언어가 오가고 지구 양쪽에서 몰려온 인간들이 처음으로 뒤엉킨 도시, 가난과 부유함을 이제껏 유례 없는 방식으로 갈라놓고 대립시킨 도시. 나는 여전히 이 도시의 목소리를 이해하지 못하며, 그 형식들 역시 예측하지 못하지만, 깨어 있는 매초마다 점점 더 선명하게 이 도시의 리듬을, 미국 메트로폴리스의 아주 매혹적이고 격하게 흥분된 리듬을 이미 느끼고 있다.

이 도시는 고정되어 있거나 확고부동하게 짜인 것으로는 이해할 수 없고, 단지 움직임으로, 오직 리듬으로만 이해할 수 있다. 유럽에 사는 우리에게 경치의 형식 중 최고라고 할 수 있는 도시들이 있다. 이 도시들은 음악과 같은 효과를 준다. 바로 도시 자체가 조화이기 때문이며, 자연을 정신적인 이미지로 변화시키는 가장 순수하고 필수 불가결한 통합이기 때문이다. 정지된 채 머무는 것, 그저 존재하고 있음이 도시의 아름다움이다. 사람들은 도시가 늘 잠들어 있기를 바란다. 사람도 없고, 성장도, 발전도 없이, 오히려 그냥 허물어지기를, 시간의 제약을 받지 않고 활기 없는 상태로 빠져들기를 바란다. 외지인도 사업가도 없는 피렌체, 독일의 작은 도시들. 소도시, 이들은 잠든 지붕 위로 은색 달빛을 받으며 아주 고요할 때에 가장 경이로우며, 그 몽환적인 분위기 속에서 순수하고 소리 없는 그림이 된다. 반면 미국 도시들의 아름다움은 현실감에 있고, 그 도시들의 힘은 삶의 리듬에 있다. 미국 도시들은 자연에 대한 경멸이며 압박이다. 그러나 군중의 리듬과 인간의 혼이 담긴 숨결을 품고 있다. 일요일, 이 검은 피가 도시의 혈관에서 사라지면, 도시들은 단지 죽고 차갑고 추하고 헐벗은 돌 파편에 불과하고, 층층이 쌓인 의미 없는 덩어리에 지나지 않는다. 하지만 이 미국의 도시들은 평일이면 거친 박자 속에서, 승리의 노래처럼 무척 광대한 음악의 박자 속에서 인간에게 울린다. 또 이 도시들은 우리에게 알려지지 않은 무시무시한 힘으로 점차 수위를 높이며 자신의 생명력을 만들어 낸다. 삶의 놀라운 리듬이 도시들로부터 나온다. 이 리듬은 여기 뉴욕에서 제일 크게 울린다. 여기는 과거 세계에 대항하는 새로운 땅의 전초이기 때문이다. 여기서 인간의 홍수가 가장 거칠게 뒤섞이며 끓어오른다. 뉴욕의 이 리듬은 미국의 삶에 대한 감각을 최초로 표현한 것이다. 이 감각을 느낄 수 있는 사람은 이 무한한 땅의 모든 신경 속에서 떨리는 긴장된 의지를 이해한다.

나는 브루클린 다리에서 제일 처음 이 리듬을 느꼈다. 이 어마어마한 아치, 첫날에는 사람들을 놀라게 하고, 일주일 뒤에는 벌써 당연한 듯 느껴지는 거대한 군중 속에서 100만 명이 거주하는 두 도시를 연결하는 이 아치 — 먼 곳을 이어 주는 우아한 네트워크 — 는 견고함의 상징처럼 보인다. 마치 산 정상에 서듯, 다리 아치의 꼭대기에 서서 감탄한 채 멀리 드넓은 지역을 가늠해 본다. 왼쪽에도 오른쪽에도 끝이 뾰족한 첨두, 즉 하늘을 찌를 듯한 거대한 돌무더기 지붕이 있고, 양쪽 어디서든 다양한 종류의 소음이 웅웅거린다. 이들 사이에, 저 까마득한 아래에 넓은 강이 있고, 강이 만(灣)이 되는 바로 그 순간에 바다가 펼쳐진다. 한 무리의 배가 그곳에서 흔들린다. 그 어떤 들판도 이 강처럼 관리받지 못하리라, 배들이 끊임없이 회색 강물을 파헤치니까. 이 강둑에서 저 강둑으로 페리들이 서로 말을 주고받고, 기차들이 배를 향해 소리치며 달려든다. 그리고 대양에서 막 들어온 거대한 증기선들이 이 거친 소동 속으로 품위 있게 천천히 다가온다. 단 한 순간도 고요하지 않다. 마치 실 가닥이 뽑혀 나오듯, 늘 새로운 배들이 정박장에서 빠져나오려고 움찔거린다. 불확실한 소음들 속에서 외치거나 대답하는 소리가 들리지 않은 적은 단 일 초도 없다.

우리는 이 모든 것을 조용히 관찰하고 싶다. 하지만 눈길이 엉클어진다. 오른쪽, 여기 다리 위로 기차 한 대가 지나가면 바로 다른 기차가 칙칙거리며 달려오고, 왼쪽에서는 자동차들이 휙휙 소리를 내며 내달린다. 다리 한가운데 서 있노라면 마치 기차역 플랫폼 사이에 있는 것 같다. 이 사이로 사람들이 떼를 지어 오간다. 이 다리는 기차가 다니는 선로이고 사람이 다니는 거리인 동시에 찻길이다. 이 다리는 일 분당 자동차 오십 대를 견뎌 내며, 늘 소음으로 시끌시끌하다. 가파른 언덕 한가운데, 강물 위 아치에, 열 개의 거리가 만나는 교차로 위에 우리는 서 있다. 이런 것들이 단 일 초도 멈추지 않는다. 자동차들이 마치 스스로를 파괴하려는 듯 잇달아 부릉거리며 지나간다. 점점 더 많은 사람들이 다리를 건너오고 건너간다.

왠지 약간 현기증이 덮쳐 와서 난간을 잡는다. 그리고 그 때 — 아주 별난 순간이다. — 난간을 잡은 손 아래쪽이 흔들리고 있음을 느낀다. 그런데 정말이다, 흔들린다. 끊임없이 흔들린다. 때로는 좀 더 강하게, 때로는 좀 더 약하게. 하지만 늘 똑같이, 절대 그치지 않는 리듬 속에서 흔들린다. 이른 아침부터 밤까지, 또 밤부터 이른 아침까지 이 거대한 다리는 연신 흔들린다. 강철 다리의 힘과 무게를 좀처럼 표현할 수 없다. 마치 군중으로 만들어진 가느다란 줄처럼, 수년 전부터 이 다리는 도시의 자장에 이끌리며 떨리고 있다. 이 다리의 코일은 뉴욕과 브루클린에 사는 200만 명을 연결하는 신경 역할을 하면서, 모든 분자 속에서 끊임없이 떨리고 있다. 여기 위쪽에 서 있는 모든 사람은 낯선 대중의 흥분감에 함께 뒤섞인다. 이곳에서 나는 처음으로 뉴욕의 리듬을 느꼈다.

그러고는 도시의 심장으로 들어간다. 그 박동을 좀 더 강하게 느끼기 위해서다. 지하철을 타러 들어가서, 제대로 탑승했는지 물어보려고 한다. 그런데 여기서는 군중만이 의지를 가지며, 지하철은 일정한 방향의 곡선을 따라 모든 개인을 둘로 나눈다. 여기서는 가만 서 있는 법이 없다. 사람들은 어떤 객차로든 밀려 들어가며, 누구에 의해 밀려 들어갔는지조차 모른다. 체인이 철커덕 소리를 내자 칸막이가 내려온다. 그러면 백 명, 이백 명을 실은 기다란 총알이 터널의 어둠 속으로 질주한다. 종종 총알은 멈추기도 한다. 사람들은 마치 그릇 속의 음식물처럼 털어 내지고 다시 채워진다. 그리고 군중은 여전히 혼돈 속에서 휘몰아치며 우르르 몰려간다. 드디어 브로드웨이다. 사방을 에워싼 군중으로부터 힘겹게 벗어나서 겨우 거리로 올라온다.

여기 뉴욕에서 지하철역들은 군중을 통해 자연법칙에 가닿는다. 오백 미터마다 거리에는 검은 샘이 있고, 인간이라는 흙탕물을 한바탕 위로 뱉어 낸다. 샘이 얼마나 먼 곳에서부터 이 인간들을 데려오는지는 오직 신만이 알 것이다. 그리고 샘 옆에는 또 다른 구멍이 있는데, 인간들을 다시 집어삼킨다. 사람들은 몇 시간이고 그럴 수 있다. 끓어올랐다 다시 가라앉는 두 샘물 중 그 어느 쪽의 물도 결코 마르지 않는다.

사방을 둘러본다. 처음 쳐다볼 때는 노호하는 소음에 당황하지만, 힘겹게 여기에 익숙해진다. 이 브로드웨이는 아마 세상에서 가장 이상한 거리이리라. 길게 뻗은 반도 전체를 둘로 가르고, 높은 곳에서 시작하여, 들판 사이를 지나 넓고 평평한 강물이 되어 바다를 향해 내리흐른다. 그리고 목적지에 도달하기 직전에 돌연 협곡으로 변한다. 갑자기 거리는 복작거리고 마치 돌출한 바위 같은 집들이 좌우 양쪽으로 탑처럼 쌓여서 더 이상 그것들을 올려다볼 수가 없다. 집들은 점점 더 높아져서 20층, 30층 건물이 되고, 그 아래에 대량으로 쏟아져 나오는 인간의 홍수는 고층 건물 사이의 협곡으로 다가갈수록 차츰 급류로 변한다. 마치 산골의 샘물이 좁은 수로에서 소용돌이가 되듯, 그렇게 이곳에서도 대중은 산더미같이 모이고, 소음은 거친 노호로 바뀐다. 앞으로도 뒤로도 갈 수 없고, 그저 뒤엉켜서 소용돌이치는 움직임뿐이다. 사람들은 어딘가로 가야 한다는 감각조차 완전히 잃어버린다. 그들은 월 스트리트의 모든 모퉁이에 우뚝 솟아 있는 담을 향해 달려들다가 파도처럼 산산이 부서진다. 트램웨이와 마차가 산골짜기 급류 가운데에 박혀 있는 바윗덩이처럼 몇 분간 꼼짝도 못하고 서 있다. 아무것도 그것들을 도울 수 없다, 종을 울려 대는 망치도 고함 소리도. 새로운 물결이 그것들을 조금씩 앞으로 밀어내지만, 곧 다시 강물 한가운데에 걸려 있다.

여기서 인간의 무리는 자연의 힘이 되어 자신들의 창조자를 흉내 낸다. 처음엔 낯설게 느껴지는 이 야만적인 미국 도시들은 자연 풍경의 계획에 순응하지 않고 스스로가 자연인 듯 활동하려고 하는데, 이것이 바로 이 도시의 비밀이다. 뉴욕은 자기도 모르게 산, 바다, 강을 흉내 낸다. 저녁에 멀리서 이 도시를 바라보면, 도시는 날카롭게 갈라지고 헐벗은 산맥처럼 보인다. 가파른 절벽과 뾰족한 봉우리로 이뤄진 몬세라트[21] 같다. 그리고 거리를 흐르는 인간의 홍수는 다시 바다와 같은 일정한 법칙에 종속되어 있다. 즉 여기에도 밀물과 썰물이 있다. 아침에는 인간의 물결이 아래로 흘러 들어가고, 저녁에는 다시 획일적으로 밀집해 있는 무리 속에서 뿜어져 나온다. 그어떤 개인도 이 무리에 저항할 수 없다. 온 도시, 온 섬이 이동일한 움직임 아래, 전동하는 이 가벼운 떨림, 늘 힘을 방전시키는 이 전율 아래에서 진동한다. 이런 흔들림은 도처에 있다. 아래 지하에서도 위쪽 건물 꼭대기에서도 이 흔들림을 느낄 수 있다. 또 여기 문지방에서 용마루까지 진동하고, 인간의 신경 속으로 은밀하게 전달되면서 뇌의 가장 섬세한 신경 가

---

21   스페인 카탈루냐 지방의 바르셀로나주 북서부에 위치한 산.

지에까지 흘러 들어간다. 증기선을 타고 가면, 매 순간 강물이 거대한 배의 나사들을 통통 두드리는 소리를 감지할 수 있듯이, 그렇게 여기서는 도시의 고동치는 심장 박동을, 고양된 힘의 축전지를, 거칠고 뜨거운 뉴욕의 리듬을 느낄 수 있다.

이 리듬에서 벗어나는 것, 대중의 광기 속에서 고요하고 덤덤하고 무관심하게 있기란 불가능하다. 브로드웨이에서 구경을 하거나, 멈춰 서 있거나 혹은 사진을 찍으려고 시도하면, 순식간에 한쪽으로 밀려나고, 밀쳐지고, 계속 떠밀려 가서 다시 군중의 움직임에 섞여 들게 된다. 이곳에는 휴식을 위한 공간이 없다. 이 도시는 휴식을 제공해 줄 생각이 없다. 파리에서 온 사람이라면 휴식이 꼭 필요하다고 생각할 터다. 파리에서는 2월, 한겨울에도 모든 거리의 카페 앞에 등받이 의자나 벤치와 함께 둥근 탁자들이 밀려 나와 있다. 모든 모퉁이는 앉고, 쉬고, 구경하라고 사람들을 불러들이는 장소다. 이 유혹을 따르면 후회가 없다. 관객을 위한 연극처럼, 거리의 활동사진이 마치 끝나지 않는 영화인 양 눈앞에서 계속 돌아가기 때문이다. 뉴욕은 관객을 위해, 아무것도 하지 않는 사람을 위해 어떤 기회도, 어떤 장소도 마련해 두지 않는다. 이곳은 휴식, 조망을 위해서는 아무것도 준비되어 있지 않다. 집에는 발코니도 없고, 광장에는 그저 벤치 몇 개가 놓여 있을 뿐이며, 심지어 그 위에서 쉬고 있는 사람을 찾아보기란 정말 힘들다. 이 상업 도시의 음식점들은 단지 바쁜 사람들을 위해서만 꾸며져 있고, 아예 식탁도 없이 작은 의자들만 있는 곳도 많다, 술집처럼. 그리고 여기서 급히 음식을 꾸역꾸역 삼키는 사람들은 동시에 다른 일에 몰두해 있다. 신문을 읽거나 협상을 한다. 어슬렁거리며 배회하는 사람이 있을 곳은 어디에도 없다. 리듬이 그를 썩은 나무처럼 물 위로 띄워 보낸다. 하루의 움직임이 모든 범주에 몰아닥치므로 무위도식하는 사람들, 상류층의 여인들까지도 이곳에서는 항상 바쁘다. 스포츠와 유행이 그들을 이리저리 몰아낸다. 이들이 자동차에 앉아서 거리를 따라 질주하는 모습이 끝없이 보인다. 이곳에서는 하다못해 박물관까지도 혼잡스럽다. 넓은 홀에서는 강의가 열리기도 하는데, 아마 이곳 사람들은 조용히 관찰하는 법을 모르는 것 같다. 배나 기차에서 보았을 것이다. 이곳 남자들이 몇 시간 동안 아무것도 하지 않고 가만있기를 얼마나 힘들어하는지, 아무것도 하지 않는 것에 얼마나 어색해하고 미숙한지, 또 이들이 어떻게 매 정류장에서 신문을 사려고 달려 다니고, 놀이를 하고 담배를 피우는지 말이다. 이 모든 것은 이미 그들의 핏속까지 밀고 들어왔음이 분명한, 그 이상한 불안에서 나오는 행동이다. 그리고 사람들은 갑자기 자기 내면에서 정말로 불안을 발견하고는 아주 긴장한다. 도시 사람들은 고정적인 일 없이, 아무 일 없이 이곳에서 살고 싶어 하지 않는다. 이러한 일들은 아침부터 저녁까지 사람들을 격변 속으로 잡아끌어 들인다. 이곳에서는 이방인조차 일에 빠진다. 피곤해 죽을 지경이면서도 사람들은 계속 더 많은 사람들과 더 많은 거리를 더 많이 보려고 서두른다. 저도 모르게 연신 도시의 리듬에 보조를 맞춘다. 그리고 전차 안에서 휴식을 취한다, 그러니까 또 움직임 속에서 휴식을 취하는 것이다.

내가 뉴욕에 대해 가장 잊지 못하는 인상은, 강압적이고 불가피하며 어디에나 존재하는 이 리듬의 힘이다. 이곳에는 이미 미국을 지배하는 그 힘의 전조가 지배하고 있다. 이 나라는 유럽이 2000년 동안 닦아 놓은 길을 백 년 안에 달성하고자 한다. 그러기 위해 그토록 서두르고, 그토록 탐욕스럽게, 그토록 이를 악물고 앞으로 나아가고자 하는 것이다. 우리들한테는 스포츠나 자동차 경주에서 경험하는 속도에 대한 열광이, 이곳에서는 온 나라의 삶의 기쁨이다. 유럽은 이미 강바닥을 찾아냈으므로, 이제는 유유히 흐르며 온 세상과 하늘을 솜씨 있게 그리고 천천히 즐기면서 반사할 줄 아는 여유를 가진 강과 같다. 그러나 여기 뉴욕에는 아직 목표에 도달하지 못한 자의 불안이 있고, 정체된 힘을 미지의 강둑으로 몰아붙이는 돌파력이 있다. 근원적 힘을 사랑하는 자는 여기서 그것이 격정적이고 야만적으로 전개되는 광경을 볼 수 있다.

저녁이면 이 리듬의 불이 돌연 꺼지면서 파괴되고 자기 속으로 부서져 내리며 허물어진다. 사람들은 극장 안에서, 이곳에서 탐욕스럽게 바그너의 오페라 「파르치팔」을, 마테를링크의 연극 「파랑새」, 혹은 바르[22]의 연극 「음악회」를 본다. 그리고 거리에 발을 내딛는 순간, 갑자기 낯선 분위기를 느낀다. 뉴욕은 침몰한 듯 보인다. 그러면 사람들은 『아라비안나이트』에 나오는 자석 도시를 떠올리게 된다. 온통 강철판으로 만들어진, 조용하고 차가우며, 잠들어서 뻣뻣하게 굳어 버린 주민들이 있는 그 도시를. 사람들, 우울하고 불평하는 대중이 이제 차갑고 흉하고 시커먼 돌길에서 벗어나 사라지고, 고요함은 거의 마음을 아프게 한다. 지붕 위에는 아직도 전광판들이 솟아 있다. 다 꺼지기 직전의 재에서 마지막 불꽃이 솟아오르는 듯하다. 잠에 빠진 뉴욕, 인간이 없는 뉴욕처럼 흉한 것

22   헤르만 바르(Hermann Bahr, 1863~1934). 오스트리아의 작가, 극작가.

은 없다.

그리고 그때 사람들은 돌연 내면에서 힘이 무너지고 있음을 느낀다. 다른 도시에서는 밤과 함께 가장 어두운 모퉁이에까지 쫓아가서 그 힘을 기어코 찾아내고, 잠에 빠진 그 힘에 살금살금 다가가려는 동요가 엄습하는 반면, 이곳에서는 녹초가 된 사지의 납덩이처럼 무거운 무게만을 느낄 뿐이다. 도시와 함께 즐긴 뒤 우리는 방으로, 11층의 그 어딘가로 올라가서 잠을 청하고, 새로운 힘을 모으기 위해 정신과 육체를 쉬게 하고, 도시와 함께 멈춘다. 아직 창문 밖을 바라보는 일이 남았다. 얼마나 기이한지! 저 높이 하늘은 안개와 연기로 덮여 있지만, 저 아래의 사람에게는 다른 하늘로 보일 것이다. 멀리 수많은 창문에서 특이한 원추형 등불들이 별처럼 반짝이고, 그 흐릿하게 명멸하는 은하수가 이 하늘에서 떨고 있다. 이 도시는 잠을 자면서도 자연을, 별이 찬란한 하늘을 모방한다. 그리고 이제, 이제 갑자기 아래쪽에서 낮은 울림이 들려온다. 바다처럼, 강처럼, 산산이 부서지는 파도처럼 아래쪽에서부터 규칙적인 소리가 올라온다. 바깥으로 몸을 숙여 본다. 저 멀리 정말 바다가 있나? 아니다, 이 거대한 호텔의 정원에서 수많은 작업을 수행하는 기계들이 울어 대는 소리다. 기계들은 아직 깨어 있다, 원소들처럼 영원히 깨어 있다. 사람들이 이미 잠들었을 때에도, 목소리가 멈춘 동안에도 기계들은 정적에서 새로운 힘과 새로운 속도를 만들어 낸다. 이것들은 바야흐로 아침이면 인간을 그 리듬 속으로, 혼란스럽고 수수께끼 같은 도시의 리듬 속으로 휩쓸어 가리라.

1913

메라노의 늦가을[23]

10월 끝자락은 벌써 오래전에 마지막 포도를 줄기에서 떨어뜨렸다. 그러나 포도밭은 여전히 온화하지만 이글거리는 빛 속에서 작열한다. 잎사귀 하나하나가 매끄럽게 반짝이는 놋쇳빛을 띠고 있다. 그리고 부드러운 미풍이 떨리는 잎사귀들을 휘감을 때마다, 마치 섬세하고 얇은 금속 조각처럼 울리는 듯하다. 대지를 물들이는 가을은 점점 더 짙어진다. 아이의 붉은 뺨 같은 사과들이 바스러진 관목 숲 사이로 아주 가끔 눈길을 보내고, 밤나무들은 점점 더 자주 그리고 빠르게 나뭇잎을 떨군다. 그러면 이제 마지막 남은 검은 알맹이들이 빛바랜 껍질에서 빠져나와 아래로 떨어진다. 하지만 겨울이 오려면 아직 먼 것 같다. 며칠 전부터 진지한 11월이 벌써 골짜기에 들어선 듯 보이지만, 자연은 그저 11월을 향해 조용히 미소 지으며 쳐다볼 뿐이다. 산들은 이미 머리에 눈을 뒤집어쓰

---

23 메라노(독일어로는 메란)는 1918년에 오스트리아에서 이탈리아로 양도된 티롤 지방의 일부다.

고 있지만, 가슴팍은 여전히 자유롭고 초록빛이다. 산 중턱의 포도밭이라는 다채로운 허리띠가 산의 깊은 허리에 반짝반짝 걸려 있다. 겨울은 아직 아주 멀리 있는 듯하다. 단지 높은 곳, 저 멀리 보이는 봉우리들만이 이미 겨울을 정탐한 것 같다. 그러나 계곡은 여전히 태양을 기뻐하며 가을 빛깔 속에서 더욱더 이글이글 타오를 뿐이다. 훨훨 타오르는 작은 장작더미처럼 나무 한 그루 한 그루가 대지에게 붉은 경고를 보내며 깜빡거린다. 나무둥치들은 붉게 빛나고, 환한 노란빛으로 시든 나뭇잎들이 초원의 짙은 초록에 즐겁게 섞여 든다. 그리고 저 위, 파란 하늘이 널리 퍼지는 선율과 다양한 색채의 원무를 한데 엮어 준다. 이것은 끝이 없는 가을, 노여움 없는 가을이다. 이 가을은 여기서 서서히 겨울로 — 벌써 그렇게 느껴진다. — 부드럽고 고요한 겨울, 혹독함과 비탄이 없는 겨울로 변해 간다.

풍경의 알록달록한 색채 놀이를 처음 본 것은 아니다. 나는 변화의 마법 속에서 자주 이 같은 풍경을 보았다. 마주할 때마다 늘 행복했고 항상 새로이 감탄했다. 언제나 화가처럼 그것을 보고 싶어만 했고, 대기의 순수함과 색채의 황홀한 명료함에 기뻐했으며, 고요히 그것을 즐기면서 아무런 의심도 없이 몰두했다. 그런데 오늘, 이 아름다움의 의미를 물어보고 싶은 욕망이 생긴다. 왜냐하면 즐거움이 해명을 요구하고 행복마저 그 의미를 묻는 때가 있기 때문이다. 나는 여전히 흥분해서 황홀함에 빠진 채로, 아름다움의 찬란한 모습을 들여다보면서 그 근원적인 심장 고동을 향해 물어본다. 왜 하필 아름다움에 이 희귀한 힘, 내 내면의 순수한 고요를 내몰고 부드러운 경쾌함을 내 안에 반영하게 하는 힘이 주어졌는지를. 나는 과거의 위대하고 영웅적인 상징의 왕관을 쓴, 보다 숭고한 풍경들을 안다. 끊임없이 스스로의 우아함을 비쳐 주는 무한한 바다 혹은 호수를 발아래에 둔 풍경, 케케묵어서 굳어 버린 이상 같은 풍경, 암벽과 숲의 비극이라 할 수 있는 풍경들을 안다. 여러 곳에서 그 아름다움을 파악하려고 애쓰며 바라봤으나, 어디에도 답은 없었다. 그 아름다움은 사실 어느 한구석 특별하거나 독특하지도, 또 눈길을 사로잡지도 않기 때문이다. 그저 친절하게 하나의 선이 또 다른 선으로 눈길을 흐르게 해 준다. 그리고 이런 변화의 조화가 아름다운 풍경의 마력이다. 가령 메라노 계곡의 모든 아름다움의 요소들은 내적으로 균등하게 분할되어 있을 뿐만 아니라, 하나로 통일되어 있기 때문이다. 그 아름다움은 위대함과 힘을 가지고 있다. 북알프스 기슭의 이 풍경은 위압적이거나 가슴을 답답하게 하지 않는다. 거인 이마의 성난 주름 같은 산들은 그 등마루 안에서 위협적으로 겹겹이 좁혀지고, 풍경 사이의 사방 경계가 눈길을 위협하고, 이를테면 자신의 영역을 경고하듯 과시하는 것처럼 보인다. 남쪽으로는 막힌 경치가 끝없이 이어지고, 한편 햇살 가득한 계곡은 먼 곳의 탁 트이고 밝고 풍요로운 들판으로 눈길을 이끈다. 이 풍경은 웅대하지만 엄격하지는 않다. 또한 가까운 풍경은 아름답고, 먼 풍경은 숭고하다. 바위로 이뤄진 그 모습은, 깎아지른 암벽들이 가슴을 옥죄어 오는 꽉 막힌 산악 풍경과 달리 별로 두렵게 보이지는 않는다. 그 널리 뻗은 풍경은 지루하지 않다. 저 멀리 그냥 평평하니 흘러가는 게 아니라, 사방이 높은 봉우리로 연결되어 있기 때문이다. 모든 것은 이런 광경 속에서 변화한다. 아주 오래된 도시와 아케이드와 영주의 저택들이 있다. 또 새로운 빌라와 성 내부에는 과거와 현재가 미적이고 감각 있게 다정히 결속되어 있다. 흰색으로 그리고 공원과 녹지의 녹색으로 이미 줄무늬 진 도시가 천천히 초원과 포도밭으로 파고든다. 그러고는 다시 산 위로 펼쳐지며 어두운 숲으로 사라진다. 숲은 암벽으로 기어오르다가 잦아들고, 암벽의 회색빛은 점차 만년설의 서늘한 흰색을 뒤집어쓴다. 그리고 가장 높은 곳, 톱니 같은 산마루가 다시 깔끔하게 하늘의 끝없는 푸르름 속에 그려진다. 그렇게 맑고 선명하게 색의 부채가 펼쳐진다. 아무것도 없다. 모든 모순이 조화롭게 해결된다. 북쪽과 남쪽, 도시와 풍경, 독일과 이탈리아, 이 모든 뚜렷한 대립이 부드럽게 서로에게로 미끄러져 들어간다. 가장 적대적인 것조차 여기서는 서로 친하고 허물없다. 그 어느 풍경 속에도 거친 움직임이 없으며, 그 어디에도 뜯겨져 부서진 데가 없다. 둥글고 편안한 글씨체로 쓴 듯, 이곳의 자연은 다채로운 활자로 평화의 말을 우리 세계에 써 놓았다.

변화의 대가, 바로 이것이 남티롤 계곡들의 힘이다. 이 계곡의 독특한 삶의 구조 안에는 현상의 변화뿐 아니라, 계절의 급변, 하늘이 깃들어 있다. 이 하늘 아래에서 계곡들은 그 침잠하는 힘에 얽매인 듯 쉬고 있다. 계절, 이 네 명의 적대적인 자매들조차 여기서는 보다 평화롭게 손을 맞잡고, 조용히 윤무를 춘다. 그들은 서로 화를 내며 밀쳐 대지 않는다. 한 계절이 다른 계절의 자리를 빼앗지 않으며, 즐거이 화려한 공을 주고받듯 세상을 서로에게 넘겨준다. 그래서 나는 지금이 가을인지, 아니면 벌써 겨울인지 말할 수 없다. 높은 곳과 깊은 곳, 암벽과 계곡이 마치 여기서 가을과 겨울을 동시에 받아들이자고 서로 의견을 모으기라도 한 듯하다. 저 높이 만년설에는 이미 흰 눈이 반짝거리고, 거친 폭풍 속에서 겨울이 전나무 사이를 스치며 뚫고 나온다. 반면 저 아래의 계곡은 햇살 가득한 대기 속에서 황금빛으로 반짝이며, 남쪽의 여름, 영원한 젊음을 잿빛 암벽 위에 높고 눈부시게 반사한다. 그리고 다시 여름에는 계곡의 달궈진 솥 안에서 7월이 부글부글 끓을 때, 저 위에 자리한 비길요흐산과 멘델 협로에는 거의 겨울처럼 서늘하고 매서운 대기 사이로 상쾌한 봄이 반짝인다. 그렇게 여기에는 언제나 이중의 세계가 있고, 한 계절의 과도함을 다른 계절이 곧 가져다줄 현실을 통해 완화시킨다. 그것도 단 하루 안에, 짧은 시간 안에. 태양이 자신의 하얀 고리를 다 집어삼키고 그 다정한 온기를 계곡에 퍼뜨릴 때면, 사람들은 여기서 아침에는 겨울을, 한낮에는 봄을 느낄 수 있다. 이곳에서 계절들은 서로 형제 같다. 과일의 다양한 알레고리로 장식한 고대의 그림에서처럼, 사계절은 천천히 변해 가며 함께 존재하고 서로 만나는 기적을 허락받는다.

　이러한 기적은 평화를 깨뜨리는 침략자, 즉 바람을 추방함으로써 메라노의 경치를 완성한다. 사계절을 억지로 분리하고, 사계절의 고요한 윤무를 갑자기 박살 내는 것은 바로 바람뿐이기 때문이다. 북쪽에서는 이를 얼마나 자주 경험하는지! 밤에는 창문들이 삐걱거리고, 거리에는 사나운 포효, 자포자기한 절망적인 한숨, 비명과 싸움이 난무한다. 그리고 다음 날 아침, 지붕에 눈이 하얗게 쌓이고 나면 사람들은 그제야 긴 한 해를 마무리하기 위해 가을이 유괴되었음을, 눈에 보이지 않는 사슬에 가을이 붙들려 갔음을 깨닫게 된다. 그렇게 폭풍은 힘차게 다시 겨울을 지나 봄으로, 그리고 가을을 지나 겨울로 돌진한다. 돌풍은 덜덜 떠는 나무들에게서 노란 옷을 벗

겨낸 뒤에 먼 곳으로 흩날려 버린다. 폭풍의 갑작스러운 충격으로 산에 쌓여 있던 눈이 회오리치고, 강물은 거품을 내며 맹렬하게 계곡으로 흘러든다. 각각의 계절들은 대단히 놀란 상태에서 채찍질을 당한 채 폭풍 앞에서 달아난다. 사람들은 지구의 새로운 얼굴에 놀라고 경악하며, 익숙해지기보다는 낯설어한다. 하지만 이때 풍경은 분노한 채 돌진해 오는 폭풍에 어깨를 바짝 세우고 저항한다. 계절의 변화는 갑작스럽지 않고, 감지할 수 없을 정도로 섬세하므로 거의 음악 같다. 이제 매일 태양은 자기 둘레의 둥근 테두리를 이전보다 좁게 펼치고, 매일 밤 서리는 잎사귀의 녹색 핏방울을 빨아 마신다. 잎사귀들은 처음에 노랗게 변하고 점차 적갈색으로 녹이 슬다가, 끝내 아주 허약해지고 지치면 졸린 듯 나무에서 떨어지며 부드럽게 빙빙 돌다가 땅에 내려앉는다. 하지만 멀리 날아가지는 못하고 맥없이 나무 발치에 떨어져, 앙상한 나무둥치를 부드럽게 에워싼 채 모여 있다. 마치 잎들이 시든 몸으로 새로운 봄을 위해 나무뿌리를 따뜻하게 해 주려는 것 같다. 이렇게 하나하나의 나뭇잎처럼 이곳의 모든 풍경은 완벽하게 자기만의 색채 유희를 펼친다. 사람들이 가을과 겨울을 경악이나 습격처럼 느끼지 않도록 해 주며, 오히려 연극을 보듯 편안한 마음으로 즐기게 해 준다. 과일 위로 과일이 떨어지고, 색깔은 하나씩 꺼져 가지만, 눈은 절대 가을 낙엽과 봄꽃 사이에 하얗게, 생기 없이 덮여 있지는 않다. 이미 새로운 시작이 사멸의 곁에 다가와 있다. 이런 와중에 담쟁이는 이른 봄이 될 때까지, 색채들이 다시 은근히 자리 잡을 때까지, 끊임없이 변함없는 초록빛으로 이곳저곳 망을 본다. 색깔과 빛의 생기를 돋우는 이 유희 속에는 절대 쉼이 없고, 단지 변화가 있을 따름이다. 그리고 부드럽게 울리며 또다시 점차 희미해지는 조화가 있을 뿐이다.

바람과의 불화, 이것이 색과 빛의 아름다움에 깃든 첫 번째 비밀이며, 두 번째 비밀은 그들과 태양의 약동하는 우정이다. 메라노는 빛으로 산다. 그런데 이 빛을 가장 강렬하게 느낄 수 있는 때는 비 오는 날이다. 그러면 갑자기 이 모든 쾌활한 모습이 마치 눈물 속에 잠기듯 사라지고, 먼 곳의 머리 위에는 구름이 덮인다. 이제 색깔들은 그저 흐릿하게 빛날 뿐이다, 희뿌연 유리창을 통해 보는 것처럼. 다채로운 색깔의 옷을 입은 사람들이 집 안에 틀어박혀 있듯 시간의 의미는 사라진다. 어제까지는 여전히 아름다움과 그토록 친밀한 내적 관계를 맺고 있었지만, 어느새 그 관계를 더 이상 찾을 수 없다. 메라노는 빛의 손 안에서 산다. 여기서는 태양이 기이하고 거의 신비한 힘을 갖고 있기 때문이다. 즉 태양은 시간을 헤아리며, 하루를 분류한다. 또 환자에게는 희망이라는 영양을 공급하고, 과일에는 뜨거운 피를 건네준다. 태양이 떠올라서 빛을 내야 비로소 하루가 시작되고, 태양이 가라앉으면 하루 역시 끝난다. 태양은 작열하는 원으로 시간을 배당한다. 여름에는 원이 더 넓어지고 겨울에는 훨씬 좁아지지만, 늘 규칙을 따르므로 정확하다. 모든 사람이 태양을 바라보며 자신의 시간을 잰다. 메라노에 조금 익숙해지면, 사람들은 곧 손목시계를 풀어 버린다. 산꼭대기에 걸린 분홍빛 구름, 조금 있으면 태양이 나타나리라 미리 알려 주는 그 구름은 특정한 시간을 가리킨다. 그리고 그 태양이 교회 지붕을 비스듬히 비출 때면, 그 순간 역시 또다시 어떤 특정한 시간을 나타내고, 태양이 파시리오 강으로 완전히 가라앉으며 반짝일 때도 다시금 어떤 시간이

됐음을 알 수 있다. 그리고 집집이 그늘에 잠길 무렵, 다시 시간을 깨닫게 된다. 경치의 모든 개별적인 순간들은 시간의 흐름을 인식하는 눈에 걸맞도록, 세월이 지나고 끝나 가고 있음을 암시해 주는 암호책의 숫자로 변한다. 모든 경치는 거대한 해시계다. 이 가시적인 규칙성은 하늘 시계의 성스러운 암호와 내적으로 멀어진 사람에게 한결 매력적이리라. 왜냐하면 우리는 도시에 머물 때, 방 안에 비치는 빛 말고는 아침과 저녁을 느낄 수 없고, 책 속의 행이 뭉개져 보여서 불을 밝혀야 할 때나 밤이 오고 있음을 알 뿐이다. 즉 베풀어 주는 힘, 모든 빛의 원천, 저렇게 끊임없이 존재감을 발산하며 기다리고 있는 태양의 힘을 완전히 잊어버렸기 때문이다. 이곳에서 아침은 태양이 산에서 아래로 내려온 뒤 계곡을 더듬는 순간까지 그저 천천히 밝아 온다. 그러면 비로소 세상이 깨어나고, 인간들은 돌연 거리로 쏟아져 나오며, 음악이 이들을 산책로와 정원에 모이게끔 한다. 빛은 산책로와 정원에서 차디찬 서리의 습기를 재빠른 손길로 거둬 낸다. 그러면 이곳은 갑자기 여름처럼 빛난다. 꽃과 과일로 다시 한 번 소생하려는 것 같다. 모든 것이 태양을 들이마시고자 몰려든다. 온 도시가 동시에 태양을 향한다. 집들은 남쪽을 향해 발코니와 테라스를 두고, 커다란 해바라기 같은 둥근 양산이 환자들의 머리 위를 지키고 있다. 눈부신 풍경은 모든 눈길이 닿는 곳마다 두 배로 찬란해진다. 그리고 마지막 안개가 흰 구름처럼 빛을 내며 하늘 속으로 날아가 버린다. 이곳에서는 태양이 깨어 있을 때만, 그리고 태양이 그 따뜻한 파도로 계곡을 목욕시키는 동안에만 하루가 지속된다. 황금빛 공, 여름에는 작열하는 커다란 공, 겨울에는 흐릿하게 빛나는 작은 공이 낮 동안에 이 산에서 저 산으로 굴러간다. 모든 삶을 다채로운 영상 속에 담은 뒤 밤에서 다시 밤으로 굴러 들어간다. 태양이 산 아래로 가라앉으면, 회색빛 고운 재로 된 비처럼 서늘하게 그리고 성급하게 황혼이 내린다. 모든 게 달라진다. 태양에 감싸인 대기는 부드럽고 황금빛이었는데, 갑자기 눈처럼 서늘해지고 색마저 바래 버렸다. 인간들도 사라진다. 언제나 이곳의 황혼은 십오 분, 삼십 분 정도 놀람의 시간이 이어지다가, 어둠 속으로 곤두박질친다. 이렇게 갑자기 그리고 불시에 어둠이 내린다. 마치 기차에 앉아서 아름답고 햇빛 찬란한 경치를 보다가 돌연 어두운 터널 탓에 모든 것을 빼앗긴 뒤, 놀란 눈으로 기대하지 않았던 밤을 뚫어지게 바라보는 듯하다. 그러나 가가호호 빛이 반짝이기 시작하는 순간, 마음이 놓인다. 만일 산 정상에 산다면, 이제 깊은 계곡이 수많은 반짝임으로 가득 찬, 이루 말할 수 없이 아름다운 광경을 볼 수 있으리라. 저 아래 깊은 곳에서 흔들리며 빛을 발하는 별들의 윤무, 그 사이에 전기 아크등들이 만들어 내는 작은 달들, 그리고 그 한가운데서 은하수처럼 뿌옇게 찬란한 거품을 일으키며 흐르는 파시리오강. 강은 거울처럼 저 아래 지상의 별을, 또 하늘은 유한한 인간에게 자신의 영원을 다시 비춰 준다. 하나의 세계가 다른 세계를 흉내낸다. 저 위, 산 가장자리에는 하늘의 수많은 별들이 이미 대담하게 영원 속에서 반짝이며 빛을 뿜어 대고 있다. 이제 비로소 사람들은 이 경치 속에서 내적 엄격함을 느낀다. 그 경치는 경쾌한 태양광 속에서 하루 종일 부드러움만을 보여 주었다. 하지만 바야흐로 점점 더 깊어 가는 이 고요함 속에서 마침내 사람들은 경치의 목소리를 듣는다, 강물이 급히 쏴쏴 흘러가는 소리를 듣는다. 한낮에 경치의 미소만을 보았다면, 이제는 경치의 심장 소리를 듣는다.

　나는 모든 대조적인 것이 함께 존재하는 이 멋진 동시성이야말로 메라노라는 세계의 사랑스러움이라고 생각한다. 늘 다시 이곳을 선택하는 친숙함 때문에 이 세계와 연결된 듯 느낀다. 점점 더 많은 시도를 하면서 느끼는 바이지만, 이 세계의 호의적이며 넉넉한 아름다움을 누군가에게 설명하기란 절대 불가능하리라. 특히 아름다움 속에서 항상 볼 가치가 있는 것만을, 눈으로 볼 수 있는 특별한 것만을, 볼거리만을 원하는 사람들에게 말이다. 볼거리란 성급하고 이해력 없는 사람들이 만들어 낸 개념으로, 이들은 내적으로 바라보는 능력이 부족하기에 경치와 작품의 가치를 그것들의 명성으로 평가하는 사람들이다. 이들은 사람들이 경치와 우정을 맺을 수도, 대화를 나눌 수도 있음을 모르며, 경치의 색깔을 그저 바라보기만 해도 자신을 절제할 수 있으며, 필연적인 시간의 변화에 맞서는 태만함을 배울 수 있음을 알지 못한다. 그런 위안을 설명할 수 있는 방법은 아무것도 없다. 부드럽게 아래쪽으로 경사진 산의 유일무이한 능선 그리고 멋지게 솟아오른 산의 메아리치는 언덕에서부터 종종 누군가의 핏속으로까지 흘러 들어오며 계속 변화하는, 굳은 결심과 생각마저 보다 부드럽게 해 주는 그런 위안을 말이다. 하지만 나는 거의 모든 사람들이 결국 수년 동안 저절로 특정 대상에 대해 특별한 관심을 마음속에 갖게 되며, 이러한 관심은 집과 기후에 대한 일반적인 만족과 분명 다르다고 생각한다. 이제 우리는 이런 끈기로 누군가를 유혹하는 경치가, 이미 확고하며 따라서 무질서하지 않은 이미지 속에 고유한 특성, 즉 불안정하고 유동적인 형식을 내포하고 있음을 알 수 있다. 그리고 유동적인 스스로가 영원한 이미지 속 어딘가에 화석화되어 있음을 바라보며 기뻐한다. 그래서 나는 점점 더 커지는 그리움으로 메라노의 세계를 사랑한다. 불가피한 삶의 내적 갈등이 조화를 통해 해소될 수 있음을 이 세계로부터 배우면서 말이다. 그리고 여기, 하늘도 없고 우울한 북쪽에서조차 저 아래 남쪽에서는 그 삶, 내가 사랑과 헌신으로 몰두했던 그 삶이 그토록 밝게 계속 꽃을 피우리라는 것, 마치 내 안의 어떤 충동이 모든 혼돈과 열심히 일하는 과정 속에서도 끊임없이 꽃을 피우리라는 사실을 깨달으면 가끔 안심이 된다. 메라노의 세계에서 멀리 떨어져 있어도 나는 그 도시의 고요한 침착함이 여전히 내 핏속에 여운을 남기고 있음을 느낀다. 그리고 북쪽 도시가 겨울의 주먹 아래서 웅크리고, 별들이 안개 속에서 빛을 잃을 때, 가끔 위안을 얻기 위해 마음속으로 메라노의 얼굴을 그려 보려고 애쓴다. 지금 아래쪽에서 그 얼굴이 부드러운 한낮의 빛 속에서 은은하게 겨울 속으로 미소를 보내며, 만년설 위의 눈과 함께 곧 다가올 봄을 꿈꾸듯이.

안트베르펜

나폴레옹의 수많은 편지와 지령 속에서 이 도시의 이름이 자주 등장한다. 마드리드를 점령하기 위한 전쟁이 한창이었던 스페인 출정 중에 로마에서, 독일에서, 러시아에서, 스페인 에브로강가에서, 모스크바강가에서, 도나우강가에서, 유혈이 낭자한 전투 그리고 퐁텐블로성과 생클루성에서, 나폴레옹은 깊이 걱정하며 이 사랑스러운 창조물을 생각했다. 브레스트와 툴롱에 있는 조선소에서 일꾼을 데려오라고 장군들에게 지시했고, 감독관들에게는 무기를 저장하고 창고를 세우라고 명령했다. 그곳에서 이 년 안에 — 나폴레옹의 인내심에 비춰 보면, 이 년도 너무 느렸다. — 함대 하나가 철저히 완성되어야만 했고, 따라서 독일의 숲은 들보와 돛대를 공급해야만 했다. 인공 저수조 두 개를 파게 했고 사방에 성채를 짓게 했다. 이 요새는 지브롤터처럼 난공불락이어야만 했으며, 해상과 육지를 위한 방패가 되어야만 했다. 나폴레옹은 오스트리아와 스페인 전쟁의 첫 번째 휴전을 자기 작품을 관찰하기 위한 시간으로 활용했다. 1810년 4월에는 동양의 군주처럼 화려하게 이 도시에 입성 — '행복한 입성' — 했다. 삼각기를 올린 배를 타고 운하를 이용해 브뤼셀에서 안트베르펜으로 향했고, 새로운 해군 전투 부대가 대포를 울리며 그를 환영했다. 오스트리아의 화가 한스 마카르트는 자신의 유명한 그림에서 카를 5세의 안트베르펜 입성을 기렸는데,[24] 당시 나폴레옹의 입성은 마치 이 도시가 카를 5세 이후로 그런 장관을 보지 못한 듯 성대했다. 배들이 그의 눈앞에서 진수되었고, 그는 요새와 무기를 사열했다. 그의 머리 위로 탑에 걸린 수백 년 된 종들이 요란하게 울렸다. 새로운 부의 파도와 예기치 못한 소생의 기적을 나폴레옹의 창조적 정신 덕분이라 여겼던 안트베르펜의 시민들은 모두 신을 맞이하듯 그를 환호하며 반겼다.

전장에서 매처럼 적들의 약점을 파악하던 눈길, 눈치 빠르고 거의 오류 없는 그 눈길로 나폴레옹은 이 북부 항구의 의미를 진즉에 알아차렸다. 그러나 트라팔가르 해전에서 그의 함대는 영국인들에게 섬멸당했고, 나폴레옹이 대륙에서 그들을 봉쇄했듯이 이제는 그들이 바다에서 그를 봉쇄했다. 어디에서도 그들, 가장 위험한 이 적들을 나폴레옹은 손아귀에 넣을 수 없었다. 그는 이집트에서 그리고 지브롤터 해협에서 이들의 숨통을 끊으려고 했다. 하지만 두 번 다 그의 손에서 무기가 미끄러졌다. 그래서 그는 이제 이 도시를 가공할 만한 무기로 개조해 버렸다. 이 훌륭한 항구는 영국과 가까이 있으므로 기습하기에 적당했고, 또 프랑스어권과 유기적으로 연결

---

24 한스 마카르트(Hans Makart, 1840~1884)의 1878년 작품 「카를 5세의 안트베르펜 입성」은, 1520년 9월 신성 로마 제국의 황제 카를 5세의 안트베르펜 입성을 그린 역사화다.

되어 있기 때문에 재빨리 습격하고 재빨리 후퇴하는 기동 함대를 위한 최고의 기지였으며, 새로운 배를 건조하기에도 아주 훌륭했다. 스헬더강이 북쪽 바다로 넓게 흘러들어 가고, 강 어귀는 발헤런섬이 가로막고 있다. 섬에는 막강한 포열이 스킬라와 카리브디스[25]처럼 좌우로 포진한 채 모든 침입자를 위협했다. 도시 뒤쪽에 펼쳐진 플랑드르 지역은 곡식이 풍성하게 자라고, 짠맛을 품은 풀을 뜯는 가축 떼로 가득했으므로 굶주림을 걱정할 필요도 없었다. 포위 공격을 당하면서 약간 손상된 댐은 되레 도시를 순식간에 철갑을 두른 섬으로 무장시켰다. 나폴레옹에게는 오직 이곳만이 영국을 그들의 돌쩌귀에서 떼어 낼 수 있는 지점이었다. 혈기 왕성한 기질로 그는 오스트리아가 방치한 이 상업 도시를 불과 십 년 사이에 치명적인 요새로 강화했다. 이 요새는 사실 영국의 기습에도, 또 제국이 크게 붕괴한 상황에서도 평화 조약이 이뤄지는 날까지 프랑스에 속한 유일한 외국 항구로 남아 있었다. 철갑을 끼고 쭉 뻗은 주먹처럼 이 항구는 '불구대천의 원수' 영국을 위협했고, 유럽이 영국 군대와 함께 '프랑스의 심장' 파리로 진격했을 때에야 비로소 무너졌다.

하지만 나폴레옹은 전략가의 무미건조한 기질 때문이 아닌, 다른 의미에서 안트베르펜을 사랑했다. 그의 내면에 있는 낭만주의자가 자신의 고유한 창조력을 과거와 일치시키고자 끊임없이 노력하는 한편, 자기 이름을 이 도시의 고귀한 전통과 결합시키기 위해 계속 애썼다. 베네치아, 로마, 모스크바, 콘스탄티노플, 이 모든 도시들. 언젠가 세계 황제가 지배했던

---

25   그리스 신화에 나오는 괴물들로, 영웅 오디세우스의 항해를 방해했다.

이 도시들이 감각에서 초감각으로, 때로는 미신으로 발전하는 그의 정신에 기이한 매력을, 대개는 숙명적인 매력을 행사했다. 나폴레옹은 특히 '난공불락'이라는 명성 때문에 안트베르펜에 매혹당했다. 왜냐하면 로마 시대 이후로 이 도시가 포위당한 적은 많았지만, 플랑드르의 이 도시가 포위당했을 때만큼 그토록 명성이 자자했던 적도 없었기 때문이다.[26] 이 스페인의 포위에 대해 독일 작가 실러는 고전적이며, 정말 극적이고 박진감 넘치게 묘사했다.(오늘날 이 글을 다시 읽어 보라고 모두에게 권하고 싶다. 왜냐하면 시간의 우연한 상황들이 실러의 글, 즉 훌륭한 예술 작품을 위해 다시 소환되기 때문이다.) 카를 5세, 이곳에서 열병식을 했던 두 세계의 지배자에 대한 기억, 이 고귀한 도시의 드높은 명성이 자기 이름을 통해 다시 불타오르리라는 기대가 나폴레옹, 벼락출세한 그를 매혹했고, 그의 의지 역시 이것을 은밀히 원했다. 그는 활기를 잃고 태만에 빠진 이 도시에 자신의 엄청난 생명력에서 태어난 새로운 삶을 주었고, 이 도시에 부와 권력이라는 사라진 불꽃을 다시금 가져다주었다. 그러나 유성처럼 빨랐던 나폴레옹의 비상과 몰락은 단지 시작만을 보았을 뿐, 이 영광스러운 혁신의 마지막 장면은 보지 못했다.

옛날에 안트베르펜이 세계를 지배했다는 사실은, 오늘날 단 하나의 기념비에서만 찾아볼 수 있다. 즉 도시와 항구 위로 높은 아치를 드리운 성당이 카를 5세와 그의 조상들의 화려

---

26 1568∼1648년까지 네덜란드는 스페인으로부터 독립하기 위해 전쟁을 벌였다. 바로 이 전쟁을 '80년 전쟁'이라고 하는데, 이때 스페인 왕의 필립 2세는 1584년 7월부터 1585년 8월까지 안트베르펜을 포위했다.

했던 시절을 내려다보며 우뚝 솟아 있다. 당시 브루게와 겐트는 항구로 밀려드는 모래 탓에 자신들의 부가 사라질까 봐 염려했다. 그러나 도도히 흐르는 스헬더강가에 자리한 안트베르펜은 거의 열대 지방과 같은 풍요를 누릴 때까지 번영했다. 화가 루벤스, 이 대가는 이 도시의 화려함을 상징하는 인물이기도 했다. 그는 북쪽의 흐릿한 잿빛 세계에 자신의 열광적인 색채 욕망을, 야만적이면서도 풍요로운 그리스 정신을 가져왔다. 베네치아가 유럽의 남쪽 지역에서 중요하듯이, 이제 안트베르펜 역시 북쪽 지역에서 가장 중요한 도시가 되었다. 세상 곳곳에서 기이한 것들이 흘러 들어왔다. 향료와 옷감, 신기한 목재와 돌 들, 화려함을 애호하는 성향은 이국적인 것들을 찾게끔 자극했고, 화가들, 남쪽의 티치아노나 틴토레토처럼 북쪽의 루벤스 같은 화가들은, 그들의 고향 사람들이 활발하게 재산을 점유하는 데 탐닉했듯 색채에 탐닉했다. 무미건조한 프로테스탄트적 암스테르담이나 런던, 한자 동맹에 소속된 성실한 도시들에서는 돈이 그저 쌓이기만 했지만, 안트베르펜에서는 돈이 다시 흘러 나가 여성들의 장신구로 반짝거리거나, 진귀한 것들이나 그림들로 변모했고, 장인 플랑탱[27]의 출판소에서는 귀중한 책의 모양을 갖추기도 했다. 안트베르펜 사람들은 자부심 넘치게 자신들의 고향을 '새로운 카르타고'라고 불렀다. 이 새로운 카르타고는 베네치아와 달리 세계 지배나 명성을 추구하지 않았다. 이 도시는 꾸준히 거래하

27　크리스토프 플랑탱(Christophe Plantin, 1520경~1589). 프랑스의 인쇄업자로, 1549년 안트베르펜에 자리 잡았다. '안트베르펜 대역 성서'를 발행했고, 처음으로 삽화 인쇄를 위해 목판 대신 동판을 도입했다.

며 이득을 즐겼다. 그래서 삶의 기쁨이 넘쳐흐르는 도시가 되었고, 그 기쁨과 함께 종교 재판소의 단두대 아래서 제일 먼저 쓰러졌다.

그 시대, 즉 루벤스 시절부터 모든 진정 위대한 것들이 안트베르펜에서 나왔으므로, 우리 시대에도 다시금 두각을 드러내고 있다. 고고학자 슐리만이 발굴하고 부검한 트로이가 보여 주듯이 도시들은 항상 층층이 재건되었는데, 살아 있는 도시도 마찬가지다. 도시들은 끊임없이 자신의 과거를 파묻는다. 그러나 각 시대의 가장 위대한 흔적은 결코 변하지 않으며, 어느 정도 훼손되지 않은 채 모든 개혁을 뚫고 지나간다. 안트베르펜은 과거의 화려함과 부를 다시 한 번 새롭게 창조해야만 했다. 스페인의 파괴와 오스트리아의 섭정 통치 이후, 안트베르펜이 이전 그대로 아직 유지하고 있는 것은 도시의 살아 있는 핏줄, 즉 백 년 전처럼 지금도 배들을 실어 나르며 저 멀리 이끄는 스헬더강과, 섬세하고 웅장하게 우뚝 솟아 있는 하느님의 칼, 즉 성당이다. 그 밖에도 몇 개의 다른 성당과, 코르넬리스 드 블랑드트[28]의 시청 건물, 스텐성이 남아 있기는 하다. 시가지는 목조 주택들 때문에 번잡스러웠지만, 새로 건설된 넓고 중요한 도로들 덕분에 그런 혼잡은 사라진 지 오래다. 새로운 번영은 자신을 위한 공간과 감탄을 원했으므로, 여기 '메이르' 거리에는 부유한 상인의 집들이 부정할 수 없는 화려함 속에 당당하고 조용히 서 있다. 스헬더강가의 빌라에는 유독 접근하기 어려운데, 단지 정원 식물들을 통해서

---

28   코르넬리스 드 블랑드트(Cornelis de Vriendt, 1514~1575). 안트베르펜 출신의 건축가, 조각가, 화가.

만 여기에 집이 있음을 짐작할 수 있다. 안트베르펜의 스타일이란 재력뿐이다. 극장과 전시회는 페테르 파울 루벤스의 고향 도시에서 여전히 예술을 사랑하고 있음을 명확히 알려 주며, 수병들의 야영지에서 보는 창밖 풍경은 얀 스테인[29]과 터 보르히[30]의 힘찬 장르화를 보는 듯하다. 하지만 이런 것들은 과거의 그늘이며 반영일 뿐이다. 옛 플랑드르의 감각은 이곳에서 이미 오래전에 세계 시민적 감각 속으로 녹아 사라졌다. 브뤼셀과 리에주의 모든 위대한 공간 속에 여전히 남아 있는 지방 도시의 협소함과 불안을 이곳에서는 좀체 느낄 수 없다. 여기서는 바다로부터 세계의 바람이 불어오기 때문이다. 공기 중에 아무런 막힘도 없다. 삶 속에서, 거리에서, 끊임없는 사람들의 이동 속에서, 증권 거래소의 한없는 격동 사이에서 ― 거친 노호와 함께 모든 행동을 시작하는 이 거대한 깔때기 속에서 ― 사람들은 하루와 시간이 만들어 내는 사건을 넘어서는 어떤 의도를 감지한다. 상업 도시 안트베르펜에서처럼 강력하게 아메리카를 느낄 수 있는 곳은 아마 독일의 함부르크뿐일 것이다. 이곳 거리에서 그렇게 자주 독일어를 들을 수 있는 까닭도 우연은 아닐 터다. 상업 운하가 국경을 넘기 훨씬 전부터 그 운하를 통해 지하로 스며들어 온 독일의 상인들은 이 상업의 중심지에서 재산을 얻었다. 뱃도랑과 회사 사무실로 에워싸인 모든 거리들이 독일 상인들에게 정복당하고, 독일의 간판을 달고, 항구를 향해 몰려 나간다.

---

29   얀 스테인(Jan Havickszoon Steen, 1626경~1679). 네덜란드 장르화의 대가.

30   제라르 터 보르히(Gerard ter Borch 혹은 Gerard Terburg, 1617경~1681). 네덜란드의 화가.

그곳, 스헬더에서야 비로소 사람들은 안트베르펜의 크기를 알아본다. 녹지를 한 시간 정도 가로지른 뒤 보르넘과 생타르망, 이 작고 사랑스러운 마을에서 아름다운 강이 여전히 평화롭게 흐르고 있음을 보았다. 하얀 구름을 반사하고 꽃을 운반하는 보트들을 실어 나르는 강은 거의 초원 사이의 초원, 잔잔히 변해 가는 푸른색의 초원 같다. 그리고 강이 만곡을 이루자마자 갑자기 돛대의 숲으로 뒤덮이고, 쏴쏴거리는 수많은 소리와 외침이 강의 파도를 뒤집는다. 낮이고 밤이고 쉴 틈 없이, 거대한 미국 증기선이 아주 가까이 다가온다. 작은 모터보트들이 그 사이를 부릉거리며 다니는데, 마치 벌들이 엄청나게 붕붕거리며 벌집을 드나드는 듯하다. 그리고 거기서 사람들은 상품이라는 귀한 꿀을 풀어놓는다. 기중기는 손가락을 배 안으로 뻗어서 먼 지역의 값비싼 물건들을 어둠 속에서 집어 올리며 기쁨의 탄성을 지른다. 해안가에서는 종종 날카로운 소음이 들리고, 커다란 종들은 먼 길을 떠나는 사람들에게 서로 마지막 인사를 나누라고 알려 준다. 여기서는 지상의 모든 언어가 울린다. 그러면 사람들은 돌연 이 도시의 의미를 이해하게 된다, 이 도시의 작은 땅덩어리에 비하면 너무도 큰 그 의미를. 이 도시는 유럽 전체, 전 대륙을 위해 일해야만 한다. 이 도시는 언젠가 아무 쓸데없이, 또다시 세계의 지배자를 끌어들였다. 하지만 단지 도시를 위해, 그리고 자신만의 이득을 위해 그랬을 뿐, 국가와 민족을 위해서는 아니었다. 진정 '새로운 카르타고'이며, 중매인과 상인의 항구다. 프랑스 제국의 남쪽 관문인 마르세유와 다르며, 한 민족의 세계 의지를 상징하는 함부르크와도 다르다. 수백 년 전부터 고향 없이, 때로는 스페인에 종속되었다가 때로는 네덜란드에 그리고 다시 오스트리아 제국과 프랑스에 속하면서, 안트베르펜은 오래전에 세계 시민적 의식을 얻었고, 탁월한 사업 능력 혹은 무기로 이 도시를 쟁취한 가장 강력하고 가장 유능한 자의 전리품이 되었다. 도시는 항상 당대의 가장 강력한 자들, 즉 카를 5세나 나폴레옹과 같은 사람들의 몫이 될 준비가 되어 있었다. 이 유서 깊은 도시는 오늘날 숙명에 저항하는 비극을 마지막으로 겪고 있다. 이제 실러가 안트베르펜 포위에 대해 이야기했던 유명한 말을 독일에 적용할 수 있으리라. "강력한 힘을 가진 인간의 창조적 재능을 전쟁 중에 갑자기 파악하고, 극복하기 힘든 조야한 능력들, 그 어려움들이 분별과 결심 그리고 확고한 의지를 통해 억제되는 모습을 보는 것은 정녕 매력적인 구경거리다."

1915

갈리시아에 독일이 진군하던 날

우크라이나의 르비우가 함락됐다. 빈은 어느 불멸의 저녁에 이 사실을 알았다. 집집이 깃발이 나부꼈고 사람들은 서로 손을 흔들어 주며, 저녁에 링슈트라세에는 만여 명의 사람들이 거대한 무리를 지어 모여들었다. 이날 온 도시는 휘황찬란했다. 여기서 민중은 거대한 날개를 단 승리가 조국 위로 펄럭펄럭 날갯짓하는 기분에 도취되었고 행복해했다. 승리가 아직 피곤을 모른 채 내려앉고 싶어 하지 않는다고, 오히려 더 높이 더 멀리 온 세계 위로 훨훨 날고 싶어 한다고 의심했다.

이런 나날이 지난 뒤 곧 나는 제국의 전쟁 기록 보관소의 명령에 따라 갈리시아로 향했다. 초조함이 여행을 지루하게 했다. 나는 갈리시아, 황실 직할지에 가 본 적이 없었다. 그리고 우리 모두는 재판과 승리로 각인된 이름들을 위해, 타르누프, 고를리체, 그로데크, 프셰미실, 르비우와 같은 도시를 위해 생명을 희생했다는 사실, 이런 생생하고 현실적인 생각 탓에 마음은 이미 탈진 상태였다. 유쾌하게 노래가 울리는 군용 열차를 타고 밤에 빈을 떠났고, 아침에는 벌써 낯선 세계가 눈앞에 펼쳐져 있었다. 사람은 없고 평평한 땅, 하지만 아름다운 곳. 무르익은 곡식으로 출렁이며, 전쟁과 궁핍에 대해서는 아무것도 모르는 여름의 찬란함으로 가득한 땅이었다. 기차는 크라카우에서 갈리시아의 평원으로 천천히 계속 나아갔다. 천천히, 초조한 내가 느끼기에는 지나치게 천천히. 그러나 — 곧 느낄 수 있었다. — 매 순간, 매 발걸음 전쟁이 이곳에 만들어 낸 끔찍한 주름을 통과해 가고 있었다. 철제 다리들은 거미줄처럼 갈가리 찢겨서 비스로카강, 산강 그리고 모든 다른 강들의 흙탕물 속에 꺾인 채 누워 있었다. 언젠가 학창 시절에 언뜻 배웠던 강들의 이름이 지금 큰 배움의 시간을 맞이하니, 우리에게 은밀하고 놀라우며 거의 신비롭게 다가온다. 심장이 앞으로 나아가려고 열망하면 할수록, 이마는 돌격하는 군부대에 점점 더 가까워지려고 했지만, 기차는 아주 천천히 달렸다. 기차역이었던 곳, 아니면 차라리 해골이라고 하는 편이 더 좋을 법한 곳, 불에 타고 눈이 뻥 뚫린 기차역 건물의 사체, 그곳에서 우리는 몇 시간이고 또 몇 시간이고 멈춰 있었다. 앞으로 나아가지 않았다. 우리 앞에도 기차, 뒤에도 기차, 옆에도 기차였다. 우리는 끈기 있게 영원히 움직이며 천천히 앞뒤로 둘둘 말리는 엄청난 준설기의 체인 한 부분에 불과했다. 모든 역마다 우리는 몇 시간씩 꼼짝도 않고 기다려야만 했다. 우리와 함께 탑승한 장교들에게 물어보면 그들은 그냥 미소만 지었다. 그들의 미소 안에는 비밀이 있었다. 이를테면 밝고 경쾌하며, 알아맞힐 수는 없지만 어쩐지 기쁘게 해 주는 비밀이 있었다.

　　역마다 늘 이웃이 있었다. 우리 기차가 서 있는 곳에는 다른 기차도 기다리고 있었다. 독일, 오스트리아, 헝가리의 군대가 다채롭게 섞였다. 역을 오갈 때마다 항상 거기에서는 인사, 짧고 시끌벅적한 환호성이 폭발했다. "바이에른 사람들 안녕하시오.", "오스트리아인 만세!" 만세 소리, 환호성, 농담. 또다시 기차 한 대가 들어섰다. 끝없이 길었고, 차량은 50~60칸 정도 되었다. 열린 칸 속을 들여다보니 야전포들이 서 있었다. 그것들은 번쩍거리게 광을 내고 장식되어 있었으므로, 마치 거인 아이의 상자에서 나온 장난감 같았다. 닫힌 칸에는 말들이 있었다. 말들은 초조하게 쿵쿵 벽을 치고 발로 바닥을 긁어 댔다. 열린 미닫이문들 저편에는 신선한 나뭇잎으로 치장한 독일 기병대들이 앉아 있었다. "동지들, 어디서 왔나?" 그중 한 사람이 건너편에 대고 묻는다. "프랑스에서." 누군가 대답했다. "닷새 동안 이동 중일세. 독일에 다시 한 번 갔었고 고향을 느껴 봤어. 이제는 니콜라이를 치러 가는 중이야." 창문에서 창문으로 이쪽에서 저쪽으로 인사, 이야기, 농담이 활발히 오갔다. 기쁨에는 기쁨으로 용기에는 용기로 맞받아친다. 그러고는 어디선가 휘파람 소리가 나더니, 기차 중 한 대가 앞으로 나아간다. 곧 다음 역에서 또다시 몇 시간이고 몇 시간이고 멈춰 서 있기 위해. 이윽고 포병대가 당도했다. 우리는 또 묻는다. "동지들, 어디서 왔나?", "헝가리에서." 그들은 대답한 뒤에 흥분을 자아내는 낯선 나라에 대해 얘기한다. 어떤 사람들은 프랑스에서, 또 어떤 사람들은 헝가리에서 왔고, 역에는 브루게, 코르트레이크 혹은 이프르라는 표지가 서 있다. 갑자기 전쟁이 얼마나 넓은 지역으로 퍼졌는지 실감했다. 독일인들이 엄청난 지역을 어떻게 누비고 싸우고 승리하며 떠도는지. 그리고 다시 기차들, 기차들, 신선하고 색이 옅고 향기 나는 교량용 목재로 만든 부교를 실은 기차들이 들어왔다. 장교들은 그 모습을 보자 그 열차를 다정하게 툭툭 치며 미소 지었다. "부교들, 좋은 징조야." 그들은 이렇게 말했다. 다른 사람들이 미소를 되받았다. "충분히 얌전히 누워 있었어. 자, 이제 가자."

이제 시작되었다. 우리 모두는 여기서 뭔가 준비되고 있음을, 뭔가 어마어마한 것, 적대적인 세계로 덤벼들며 추락하기 위해 엄청난 인파가 솟아오르고 있음을 느꼈다. 저녁 무렵에 우리는 드디어 J.에 도착했다. 사십 시간을 달린 뒤 곰팡내 나는 좁은 방에서 잠을 청했다. 그런데 돌연 시끄러운 진동이 시작됐다. 나는 벌떡 일어나서 창가로 갔다. 아래쪽에서 거대한 무언가, 코끼리처럼 생긴 것, 범포에 덮인 괴물 같은 것이 굴러갔다. 하지만 이 꼴사나운 광경 속에서 우리 괴물의 비밀을 정확히 알아차렸다. 천둥처럼 무겁게 우르릉거리며 골목을 지나 북쪽으로 굴러가더니, 서서히 울림 역시 사라졌다. 더듬더듬 다시 자리로 되돌아오는데 또 다른 소리가 났다. 이번 것은 좀 더 밝고 가벼웠다. 마치 실로폰을 통통 치는 것 같았다. 따가닥 따가닥 따가닥. 그들은 벌써 4열로, 손에 든 창에 깃발을 달고, 마치 퍼레이드를 하듯 발걸음을 맞추어 걸어간다. 밤새도록 오고 간다. 물레방아를 돌리는 개울처럼 앞으로 구르며 밀려간다. 보병, 기마병, 병참 부대. 이런 쉴 새 없는 움직임과 함께 계속 소리를 내며 앞으로 구르고 돌진한다. 그렇게 잠 속으로까지 굴러 들어오고 또 굴러 들어왔다. 꿈결처럼 거대한 파도 속으로 같이 미끄러져 들어가는 기분이다.

그리고 다음 날 다시 기차역에서, 거리에서, 또다시 사방에서 같은 일이 벌어졌다. 기차들은 무장했음에도 경쾌한 울림을 담은 채 여전히 길게 늘어서서, 굳은 듯 천천히 움직인다. 반짝이는 선로 위에 들어선 어마어마한 행렬이 목적지를 향해 앞으로 굴러간다. 모든 방향에서 앞쪽을 향해 밀려가고, 밀려 들어오고 단 하나의 방향으로 밀물처럼 빠져나간다. 엄청난 힘으로 공격하기 위해 한데 모이는 것 같다. 밤이고 낮이고 끝없이 일이 벌어진다. 사람들은 좁은 객실 안에 군인들과 함께 꽉 끼어 앉아 있다. 깜빡이는 기름 램프 아래에서 지도를 꺼내 자신들이 있는 곳을 추측해 보고, 따뜻한 6월 밤에 기차가 연기를 뿜으며 지나가는 차창 밖의 낯선 땅에 이름을 주고 기억을 부여했다. 초조해하는 사람은 하나도 없고, 모두 기대에 차서, 우리 모두 뭔가 엄청난 것, 역사가 이제 이름을 선물할 그것이 시작되고 있음을 느꼈으며, 그들, 그들 자신, 작고 무지한 물방울들, 거대한 힘에 예속된 힘임을 감지했다. 이제 그 힘이 아래로 흘러내리며 러시아의 제방을 폭파시켰다. 이 밤들은 잊을 수가 없었다. 많은 사람들이 구석에 웅크리고 누워서 옆 사람에게 기댄 채 잠을 잤다. 그사이 다른 사람들은 고향과 전쟁에 대해 이야기했다. 옆 객차에서 하모니카 소리가 울렸고, 어딘가 기차 끝 쪽에서 노래하는 목소리가 이에 화답했다. 독일어, 헝가리어, 크로아티아어로 여기 낯선 곳에서 울려 퍼지는 이 모든 노래들을 듣고 있노라니 감동적이었다. 그 누구를 위한 것도 아니면서 모두를 위한 노래이기도 했다. 미지의 땅으로 향하는 길에 그저 모두 함께 고향을 느끼기 위한 노래였다.

그러고 나서 역이 다가오고 도시가 다가오면, 그곳에서 기차가 멈춰 섰고 군인들은 기차 밖으로 기어 내려갔다. 모든 것이 반짝반짝 닦였고 무기들은 피라미드 형태로 세워졌다. 몇몇 부대가 줄을 맞춰 서더니 전진, 전진했다. 낯선 거리 위의 긴 행렬, 곧 이어서 먼지구름, 그리고 또 이어서 그저 행진했던 기억만이 남았다. 그런데 벌써 또 새로운 기차가 도착했다. 러시아 포로들은 급히 대포 꺼내는 일을 도와야만 했다. 말들이 무릎을 높이 쳐들고 씩씩하게 앞으로 나아가더니 주변을 약간 빙빙 돌았다. 마치 관절을 시험해 보는 것 같았다. 그런 뒤 말들은 바로 마차에 매였다. 행렬은 다른 행렬 뒤를 따라서 계속 앞으로, 앞으로 낯선 곳을 향해 나아갔다.

온통 같은 모습이었다. 내가 본 50여 곳, 어쩌면 100여 곳의 역, 모든 도시들과 거리들, 이 전진하는 물결은 한 방향을 향했다. 사람들은 은밀히 함께 이끌려 가고 있음을 느꼈다. 이 길은 오직 전진만 할 뿐 더 이상 후퇴란 없는 것 같았다. 그리고 사람들은 이 비밀에 함께 이끌리지 않는 사람도 있음을 염두에 두어야 했다. 그들은 이 비밀을 예감하며, 입을 막으면 막을수록 더 강력하게 느꼈다. 어쨌든 나는 계속 르비우로 가야만 한다. 내적 영역에서 고유한 삶이 고동치는 도시로 계속 가야만 했다. 하지만 내 내면에는 불가사의한 인력이, 절박한 질문이 남아 있었다.

그리고 갑자기 여드레 뒤에 그것, 내가 경험했던 그 비밀에 이름이 생겼고, 세상 역시 그 비밀을 알게 되었다. 바르샤바와 이반고로드로 진군이 개시됐고, 저기 저들은 길 위에서 이곳저곳으로 향하며, 끊임없이 모스크바 깊숙이까지 이동했다. 내가 입을 꽉 다물고 지켜보았던 박격포들이 마침내 입을 열었고, 기병들은 돌진하고 후퇴했으며, 바지선들이 비스와강[31]에 놓였다. 당시 모르는 사이에 일어났던 모든 일들은 눈

31   폴란드에서 가장 긴 강.

에 보이지 않는 뭔가에 복종하고 있었다. 우리 모두는 이 눈에 보이지 않는 것에 대해, 마치 위대한 시대의 신처럼 경외심을 품었다. 그리고 세계의 시계가 그 둔탁한 소리를 울렸다, 바르샤바, 이반고로드, 브레스트-리토프스크. 그때 나는 내가 눈길을 주었던, 놀라운 충격으로 가득한 껍데기에 대해 생각해야만 했고, 거기서 이를 악물고 또 악물며 한 걸음 한 걸음 자신의 길을, 그 엄청난 길을 가는 모든 개별적인 인간들의 굴레에 대해 생각해야만 했다. 그리고 그 이름을 깨닫고 의미를 이해한 뒤, 내가 경험했고 이제 두 배로 실감하는 그것을 뒤돌아보며 확인해야만 했다.

1917

이백 년 전의 도나우강 유람

우리의 근대 문학 어딘가에 재치 있고 재미있는 책이 있다. 이 책의 제목은 『내 방 여행하는 법』으로, 매력적이며 희망적이다. 이 책은 어떻게 하면 자기 집 소파에 몸을 쭉 뻗고 누워서 입에는 시가를 문 채, 손에는 여행 안내서나 지도를 들고 최고로 아름다운 여행을 할 수 있는지 아주 유쾌하게 서술하고 있다. 여행을 준비하게 하는 상상력 이외의 다른 교통수단은 없이 말이다. 이 책의 설명에 따르면, 말을 타는 사람은 당연히 말이 필요하다. 말이 좋으면 좋을수록 더 멀리 갈 수 있다. 약간 까다로운 저자의 뜻에 따르자면 말은 곧 책을 의미한다. 책과 그림을 통한 이 편안한 여행은 기술과도 같다. 이 기술은 천부적이어야만 누릴 수 있지만, 부지런한 훈련을 통해서도 아주 행복하게 장려될 수 있다. 많은 사람들이 무미건조한 여행 안내서 혹은 다채로운 색깔의 관광 엽서를 통해 스스로 몇 시간이고 멀리 낯선 세계로, 한 번도 가 본 적 없는 세계로 떠날 수 있다.

이렇게 집에서 안내서와 함께하는 여행의 매력은 정말 환상적이다. 자신의 공간을 낯선 세계로 바꿀 뿐 아니라 현재의 시간을 과거와 바꿀 수도 있다. 집에서 여행기를 읽는 우리는 갑자기 먼 과거의 낯선 집에서 살 수도, 빛바랜 옛날 옷을 입을 수도, 우편 마차와 작은 돛배를 타고 여행할 수도 있기 때문이다. 또한 지난 세기의 사라진 공기를 들이마시며, 활발한 유희를 통해 과거와 현재의 자신을 끊임없이 비교할 수도 있다. 이제 마르코 폴로와 함께 중국을 여행하건, 혹은 레이디 해밀턴과 함께 유럽을 여행하건, 항상 이 낡은 대형 서적으로부터 생생한 삶이, 매혹적인 세계 감정이, 머나먼 곳의 마법 같은 향기와 결코 도달할 수 없는 것에 대한 환상이 솟구쳐 흘러나온다. 가장 기이한 점은, 가까운 곳에 자리한 우리 세계의 사물들이 그런 오래된 책 속의 인도 제국이나 만주 제국보다 더 낯설고 흥미로운 인상을 준다는 것이다. 이름이 익숙하고, 동일한 풍경 속에 터전을 잡고 있으며, 수 세기에 걸쳐 독특하고 매력적으로 형성되어 온 우리 세계의 사물들 말이다. 자신의 과거로 향하는 여행보다 더 멋진 읽을거리는 없다.

우리 자신의 세계를 통과해 가는 여행책, 아주 오래되었지만 어떤 소수의 것들처럼 시대에 어울리며, 게다가 아직 공개되지 않은 비밀에 에워싸인 그런 책이 있다. 오스트리아의 전쟁 기록 보관소에 있는 멋지고 화려한 가죽 양장의 2절판 대형 서적 말이다. 1752년의 도나우 여행을 묘사하고 있는데, 그해의 몇 가지 삽화를 대중에게 처음 선보여 준다. 기술적으로 정교하게 완성된 걸작으로, 짙은 금박을 넣은 양장본이고, 왕실의 명령으로 제작된 듯 수백 개의 지도가 포함되어 있으며, 세세한 안내서와 풍경화 들이 들어 있다. 멋들어지게 쓰인 제목은 『울름에서 비딘까지의 강가에 위치한 도시,

성, 대수도원의 설계도, 풍경, 조망을 포함한 도나우 도해서: 1751년의 장면』이다. 책의 저자를 알아내기란 쉽지 않다. 프랑스어로 화려하게 쓰인 헌사는 프란츠 니콜라우스 폰 슈파르의 것 같아 보이지만, 아마 이 완벽한 작품을 위해 여러 예술가들이 협업했으리라. 책의 장정을 감싼 멋진 윤곽 장식과 치장을 담당한 훌륭한 알레고리 연구가, 한 지역의 자연을 세밀하게 그린 풍경화가, 축성의 설계도와 지도 제작술을 맡은 기하학자 등이 공동 작업을 했을 것이다. 책의 한 면을 차지하는 브라티슬라바의 스케치에는 프란츠 니콜라우스 폰 슈파르의 서명이 아니라, 카를 요한 폰 레델의 것으로 보이는 서명이 들어 있고, 더 나아가 도시의 풍경화 속에 예술가 한 사람이 스스로의 모습을 그려 놓았을 뿐만 아니라, 앞서 언급한 두 사람이 풍경을 배경으로 스케치 종이를 들고 같은 나무줄기에 사이좋게 앉아 있는 광경을 보노라면, 책의 저자가 다수라는 사실을 추측할 수 있다. 그리고 묘사 속에서 아주 다양한 관점의 요소들이 드러난다. 제도법은 특이할 정도로 정밀하고, 그 제도법을 따른 지도는 그야말로 정갈함과 정확성의 모범이다. 반대로 풍경화가는 낭만주의자로서 자연을 충실하게 그리기보다 아름다움에 더 치중한 듯 보인다. 도나우강가의 많은 성들, 우리가 오늘날에도 아는 그라이펜슈타인, 악슈타인과 같은 성들의 그림에서 화가는 도나우강가에 맞닿을 만큼 위협적으로 절벽을 쌓아 올렸고, 소용돌이, 옛날부터 자리해 온 급류를 엄청난 폭포로 만들어 버림으로써 오스트리아의 스킬라와 카리브디스를 창조해 냈다. 한마디로 화가는 아름다움을 위해서는 과장도 서슴지 않았던 바로크 정신을 아주 탁월하게 형상화했다. 하지만 부드러운 먹색으로 그린 이

스케치에서 보이는 많은 것들이 얼마나 섬세하고 사랑스러운 지. 정녕 모든 것들이 하나의 예술 작품 그 자체이며, 역사적 기념비로 알려질 만큼 가치 있다. 이런 기념비 안에서 오래전 에 사라진 것들이 영원성을 획득하고, 고향의 역사는 정겨운 방식으로 확장된다.

　이 책에서 여행의 순서는 강의 근원에서 하구로 향하지 않는다.[32] 반대로 거칠게 변화하는 풍경들을 조망하며 불가 리아의 비딘에서 독일의 울름으로 거슬러 간다. 첫 페이지에 는 당대의 취향에 맞춰 회화로 그려 넣은 헌사가 포함되어 있 는데, 여기 그려진 상징은 오늘날의 우리 시대에도 통용될 법 하다. 자주 사용되는 표현, 즉 고령이면서도 활기찬 노인으로 표현되는 도나우강이 황제의 아내이자 오스트리아 여왕인 마 리아 테레지아[33] 앞으로 나와서 그녀에게 자신의 왕관과 보 물을 바친다. 오스트리아의 독수리는 날개를 활짝 펼친 채, 이 충성의 맹세를 감시한다. 저 멀리 뒤편으로는 오스트리아의 풍경이 드넓게 펼쳐져 있다. 이 그림은 분명 이토록 단순한 상 징을 통해 도나우강이 오스트리아를 자신의 유일한 통치자로 인정하며, 합스부르크가를 유일한 합법적 군주로 인정하고 있음을 말하려는 것 같다. 그리고 마리아 테레지아 여왕의 남 편인 신성 로마 제국의 황제 프란츠 폰 로트링겐에게 바치는 프랑스어 헌사가 다음 장에 적혀 있는데, 이 헌사는 유창한 문

32　도나우강은 '검은 숲'이라는 뜻의 독일 슈바르츠발트 삼림 지대에서 발원하여 유럽 대륙의 남동부를 가로질러 흑해로 흘러간다.

33　마리아 테레지아(Maria Theresia, 1717~1780). 오스트리아 합스부르크 왕가의 여왕. 남편인 프란츠 슈테판 1세가 신성 로마 제국의 황제로 선출됨으로써 황 제의 아내라는 칭호도 가지게 되었다.

장으로 그림을 보충한다. 그다음 장에는 도나우 니코폴리스 34와 트라야누스 성벽 근처의 도나우 항로를 그린 지도가 자리한다.

그리고 아주 기이하게도 이제 모든 이름들이, 그림 속의 모든 장소들, 최근의 우리 현실 탓에 전 세계적으로 유명해진 모든 지명이 등장한다. 불가리아 사람들이 강을 넘어섰던 곳, 롬은 이 지도에서 크라이오바와 오르소바로 향하는 길 건너편에 있는 성벽으로 에워싸인 작은 소도시로 그려져 있다. 비딘이 이쪽을 향해 반짝인다. 비딘은 여전히 수많은 회교 사원의 높고 뾰족한 첨탑과 둥근 반구 지붕으로 가득하고 초승달 문양뿐인, 여전히 십자가가 없는 진정한 튀르키예의 도시다. 여행은 계속되고, 진기한 것이 우리 앞에 나타난다. 이것은 정말 특별히 연구할 만한 가치가 있어 보인다. 다채로운 색깔의 삽화가 트라야누스의 다리들을 보여 준다. 이 다리들은 로마 시대에 — 오늘날에도 아주 유명한 — 투르누 세베린 근처의 도나우강 위에 석조 아치교로 지어졌었다. 안타깝게도 지난 세기에 사라진 기적 중 하나다. 첫 번째 그림은 야콥 로이프의 그림을 복원한 것으로, 1669년 당시 야콥 로이프는 아직 이 다리를 볼 수 있었다. 그 당시만 해도 트라야누스 시절의 아치교들이 여전히 단단하고 강건하게 이 비좁은 강 위에 뻗어 있었고, 로마 보병대가 스키타이인과 민족 대이동의 무리들에 대항해 출정을 나갔을 때처럼, 마차들과 사람들이 지나다닐 수 있었다. 우리의 작가가 거의 백 년이 지난 뒤 동일한 지역의 동일 장소에서 1750년에 완성한 이 그림은 과거 당당했던

34　불가리아의 북부, 도나우강 하류에 위치한 도시. 현재 '니코폴'이라 한다.

건축물의 파편을 더 많이 보여 주고 있지만, 아치들은 여전히 강물 속에서 물살을 막고 서 있다. 제법 훼손되었음에도 글귀가 새겨진 아치형 궁륭은 아직 남아 있다. 오늘날에는 흔적도 없이 사라져 버린 옛 로마의 한 부분이다.

여행은 서쪽으로 계속 이어진다. 지금 전쟁 중인 우리 땅에서 옛 헝가리의 국경 도시인 오르소바로 향한다. 이 도시에 있는 전쟁의 섬과 방어 설비가 아주 멋진 수채화로 그려져 있다. 1738년에 그려진 세멘드리아[35]는 지금과 마찬가지로 야영지였다. 텐트들이 들어서 있고, 무장한 기병들은 그곳을 향해 말을 달리며, 성은 공성전에 맞서 대포로 위협한다. 그 당시 동쪽의 주요 성이라 하면 이미 베오그라드였던 듯하다. 왜냐하면 이 책에 베오그라드성의 그림이 여섯 장 이상 실려 있는 데다, 아주 세밀하게 완성된 화려한 지도가 두 쪽이나 들어 있기 때문이다. 그림의 한 부분은 한참 전쟁 중인 장면을 묘사한다. 튀르키예인들은 야영지를 둘러싼 채 위협하고, 오늘날 복제 사진을 통해 널리 알려진 수많은 건축물들의 옆모습이 절반은 동양풍이기도 하고 절반은 유럽풍이기도 한 이상한 풍경 속에 그려져 있다.

그림들은 도나우와 함께 점점 더 우리에게 가까이 밀려오며, 점점 더 친숙한 이름으로 이끈다. 저기 페트로바라딘, 성채와 성벽으로 이뤄진 요새가 있고, 부다페스트 혹은 사실 부다[36]였던 곳, 당시에는 아직 수도이자 대(大)헝가리의 심장이

---

35   현재 세르비아의 스메데레보.

36   1873년에 부다(Buda)와 오부다(Óbuda)와 페스트(Pest), 이 세 도시가 병합됨으로써 오늘날의 부다페스트가 되었다.

아니었던 부다페스트, 이어서 바츠, 옛 성의 폐허가 있는 비세그라드, 에스테르곰, 코마롬, 랍 그리고 드디어 브라티슬라바, 즉 '북부 헝가리의 중심지이며 군주가 거주하는 수도이자 대관식이 거행되는 도시'로 향한다. 그런 뒤 여행은 이미 빈에 바싹 다가서고 있다. 비너 노이슈타트, 에벤푸르트, 알텐베르크, 하인부르크 등 익숙한 이름이 언급되고, 우리는 드디어 빈에 도착한다.

이 멋지게 장식된 페이지는 빈을 보여 주는데, (이 책 중 단 한 페이지만) 벌써 고대 연구와 관련한 오스트리아의 잡지에 실렸을 만큼 매우 설득력 있게 묘사되어 있다. 이 장에서도 예술가는 정말 낭만적인 상상의 나래를 펼쳤던 것 같다. 순수하게 화가의 입장에서만 보자면 이 도판은 아주 이례적 성과를 이뤘다. 빈의 주변 경치 역시 엔처스도르프, 칼렌베르크, 코르노이부르크와 클로스터노이부르크 같은 대표적인 장소들을 통해 탁월하게 묘사되어 있다. 하지만 빈 주변의 풍광은 마치 멀리 떨어져 있는 듯 도시에서 비켜나 있다.

이제 이백 년 전의 바커우로 가 보자. 툴린을 지나 슈피츠, 슈타인, 도나우 위에 나무다리가 걸려 있는 크렘스를 지나 고색창연한 칠렌으로 가자. 이곳들은 오스트리아 북부의 호수들과 다르지 않다. 기분 좋게 강을 따라 배가 지나간다, 괴트바이크, 볼프스베르크, 악스바흐와 악슈타인의 아름다운 성들을 향해. 이 모든 멋진 성들, 오늘날에는 대부분 부서지거나 이른바 최첨단 건축 기술자의 현대적 명예심 때문에 파괴된 이 성들을 우리는 이 책에서 원형 그대로의 모습으로 여전히 살펴볼 수 있다. 이 그림에서 오늘날의 폐허 같은 쇤비엘과 뒤른슈타인의 모습은 거의 찾아볼 수 없다. 단지 멜크, 그 훌륭한 명소만이 장려한 모습 그대로다. 쾨클라른의 니벨룽겐 지역, 페르젠보이크, 강폭이 점점 좁아지는 도나우강을 통과해서 그라이너 슈틀델, 즉 저 유명한 소용돌이까지 올라간다. 예전에 이곳은 서투른 선원을 급류의 위험 속으로 몰아넣었던 곳이다. 여기에 낭만적인 화가 프란츠 니콜라우스 폰 슈파르는 아주 경이로울 만큼 거친 그림을 그려 넣었다. 도나우강이 암반 주변에 아치를 그리며 거품을 일으키고, 작은 배는 바위투성이 지역을 지나가고자 애쓰며, 이곳 위에는 죽음의 상징, 즉 십자가가 경고하듯 서 있다. 하지만 곧 다시 평화로운 풍경이 나타난다. 이 모든 소도시들을 살피는 일은 매번 새로운 매력을 가져다준다. 북부 오스트리아의 오버외스터라이히주의 사랑스러운 읍과 마을, 프라이엔슈타인, 마우트하우젠 그리고 드디어 당시엔 아직 작은 시골 마을이었던 매력적인 린츠에 도착한다. 파사우 근처에서 우리는 이제 오스트리아 땅을 떠나 독일로 들어간다. 그 전에 몇몇 아름다운 경치와 도나우강 지류에 위치한 도시들, 즉 잘츠부르크, 란다우, 란츠후트, 잉겔핑겐, 파펜호펜, 아카우, 슈트라우빙을 둘러본다. 여기에 도나우강을 그린 화가는 훌륭한 인내심을 가지고, 점점 좁아지는 산간 지역으로 접어드는 길을 따라간다. 이 길은 잉골슈타트, 노이베르크, 도나우뵈르트, 울름을 지나 도나우의 근원과, 이 2절판 책의 마지막 부분인 스위스 지역으로 향한다.

수백 곳을 통과하는 긴긴 여행은 끝이 났다. 이 정성스러운 책장에서 눈을 돌려 우리의 혼란스럽고 변화한 세계를 바라보면, 제일 먼저 우리는 가장 낯선 지역에 있는 듯 놀라게 된다. 현재와 과거 사이의 세기들이 보여 주는 대조는 이토록 기묘하다. 그러나 강은 여전히 옛 강이며, 풍경도 여전히 옛 풍경이다. 이 강이 이백 년 전에 근원에서 하구까지, 독일에서 터키까지 어떤 오스트리아의 예술가에 의해 아주 조화롭게 관찰되었다는 사실을 깨닫게 될 때, 우리는 비로소 이 강과 경치들의 의미와 관계를 비교하면서 좀 더 깊이 이해할 수 있다. 그 예술가의 눈은 더 이상 우리의 눈과 같지 않다. 우리는 바로크 시대의 낭만주의자보다 더 깨어 있는 눈길로 오늘날의 경치와 이 강의 흐름을 보고 느낀다. 하지만 우리 시대를 위해서는 그의 통일성 있는 시선이 이상적이며 가치 있다. 국경과 제국에서 이 강의 분열을 막는 것, 몇몇 중부 유럽의 중심적인 강이 되도록 하고, 동양과 서양의 평화로운 매개자를 만드는 것 외에 다른 것은 바라지 않는 시대를 위해서 말이다.

유럽을 돕는 나라 스위스

스위스는 전쟁을 치르는 나라들 틈에 끼어 있음에도 유럽의 비극에 그저 감정적으로만 참여한 채, 군사력을 드러내지 않고 다만 멀찌감치 유혈이 낭자하는 전쟁에서뿐만 아니라 정신적인 전쟁에서도 중립을 지키고자 애썼다. 그러면서도 전쟁 기간 동안 다른 나라들 못지않게 힘을 썼다. 이를테면 끊임없이 새롭게 헌신함으로써 그 힘을 사용한 것이다. 파괴를 위해서가 아니라 재건을 위해서, 상처를 위해서가 아니라 치료를 위해서 힘을 발휘했을 뿐이다. 그리고 이 어마어마한 힘은 명성의 팡파르 없이 아주 고요히 작용했기 때문에, 오늘날 주목받아야 할 만큼 충분히 드러나지 않은 채 여태 숨어 있다. 감각 안에서 작용하면 쉽게 눈에 띄지만, 그 대신 더 혹독하게 허망함의 제물이 된다. 그러나 정신과 마음의 행위는 은밀하지만 오히려 계속 영향을 끼치는, 불멸하는 이상의 윤리적 힘을 통해 지속성을 보장받는다. 이런 힘은 고통, 끝없는 인간의 고통에 반대하며 유일한 위안, 즉 연민을 제시한다. 이 시대의 다른 민족들이 고통을 창조했다면, 스위스는 연민을 창조했다. 이 끔찍한 공포의 사 년 동안 세상에서 일어난 숱한 고통들은 견딜 수 없고 예측도 불가능했으므로, 스위스의 업적은 아주 위대하다고 할 수 있다.

스위스는 그랬다. 여전히 그러하다. 모든 업적을 조망할 시간은 아직 오지 않았다. 하지만 우리가 알고 있는 정도만으로도 벌써 훌륭하다고 할 만하다. 강대국이 이런 일을 하더라도 훌륭하기 어려운데, 하물며 스위스의 몇몇 주가 이런 일을 해내다니, 통념의 테두리를 벗어나는 일이다. 적십자의 업적이 특히 중요하다. 나는 짧은 팸플릿(「유럽의 심장」의 독일어판과 프랑스어판)에서, 내가 제네바의 시립 미술관, 그 엄청난 노동 조직의 원세포에서 받았던 첫인상을 표현했다. 이런 시도는 어쩌면 좁은 틀 안으로 엄청난 이미지를 욱여넣으려는 무모한 짓일지도 모른다. 오십여 년 전 제네바에서 스위스 시민들이 적십자를 창설한 뒤, 모든 국가와 민족의 전쟁 부상자들에게 관심을 기울였다. 적십자는 이 수백만 명을 보살피고, 이들을 보호해 주는 협약을 감시하는 임무만 하더라도 이미 충분한 성과를 거뒀다. 하지만 전쟁 포로를 통해 싹튼 거대한 과제에 직면하면서 이 임무 역시 약간 뒤로 물러나야 했다. 모든 실종자도 적십자의 관심 대상이다. 불확실한 상태는 고통이다. 이렇게 수백만 친지의 생사가 불확실한 상태는 점점 더 증가하고, 수많은 흥분을 야기했다. 다행히 이 같은 흥분의 총량을 계산할 수는 없다. 그래서 이제 적십자는 실종자의 친지들에게 가능한 한 빨리 운명을 알려 주는 임무까지 떠맡게 되었다. 적십자는 포로 수용소를 답사하고, 믿을 만한 사람을 통해 수용소의 동태를 감시하며, 불평을 들어주고 위문품을 보급한다. 한마디로 수많은 불확실한 상태, 이 시대의 상징이자 거의 모든 운명한테 일종의 보호받는 느낌을 전해 주는 것이다. 이로써 사람들은 정의 그리고 혼돈 위에 군림하는 인간성의 초국가적 힘을 느낀다.

그러나 이러한 중재로 인해 스위스에게는 무거운 짐이 생겼다. 스위스가 이 짐을 처음 짊어졌을 때는 그 위대함 때문에 무게를 제대로 가늠할 수 없었을 것이다. ── 누가 과연 이 전쟁이 이렇게 지속될지, 이토록 광범위하게 퍼질지 예측했겠는가! ── 바로 우편 중개 업무였다. 잘 알려지지 않았지만 스위스는 우편 중개 업무를 무상으로 처리해 주었다. 무상, 이 말은 별것 아닌 듯 들린다. 하지만 스위스가 사 년 동안 무려 5억 통 이상의 편지, 1억 개의 소포, 1000만 장의 우편환을 무상으로 운송해 주었음을 상기하면 이 '무상'이라는 단어는 공감을, 어마어마한 공감을 얻게 되리라. 이것을 보통의 국제 협정 요금에 따라 계산해 보면, 가까스로 놀란 마음을 가라앉히며 이렇게 말할 수 있을 것이다. 엄청난 양의 노동력을 제외하고도, 스위스가 모든 보상을 단념함으로써 전쟁을 이끈 국가들에게 1억 프랑의 선물을 주었다고. 아주 훌륭하게 조직된 우편 행정 당국만이, 가령 세계적인 만국 우편 연합을 세운, 그런 문화유산을 가진 나라의 우편 행정 당국만이 이런 작업을 능히 해결할 수 있었다.

물론 이 같은 숫자가 스위스의 도덕적 업적을 완벽하게 측량할 수는 없다. 1915년부터 이 자유 공화국이 개입한 덕분에 중상자들은 끊임없이 자신들의 고향으로 송환될 수 있었다. 이것이 중상자들에게 어떤 의미인지, 감히 어떻게 표현하겠는가. 기차역에서 의장대가 그들을 기다렸고, 기증품도 전달되었다. 많은 사람들, 정말로 많은 사람들이 이 순간을, 처음의 일 분 동안을 인생 최고의 순간이었다고 이야기했다. 포로수용소를 설립한 것 역시 아주 중요한 일이었다. 전쟁에 참여하지 않은 국가, 중립 국가가 병들고 회복을 필요로 하는 포로들을 자국에서 보호하기란 이제껏 전쟁의 역사에 없던 특이한 일이었다. 시민들과의 관계를 유지하고 가급적 국가적 친교도 실현시키면서, 부상 포로들에게 가장 아름다운 경치, 가장 매력적인 지역을 배정해 주었다. 프랑스인들은 제네바 호숫가와 서부 스위스에, 독일인들은 피어발트슈테터 호숫가와 동부 스위스에, 영국인들과 벨기에인들은 이전에 그들의 동향인이 가장 많이 방문했던 스위스의 다른 지역에 배치되었다. 이미 회복한 사람들은 일을 하고 약간의 봉급을 받을 수도 있었다. 중상자들에게는 다보스와 다른 요양지의 병원들을 제공했고, 친지들에게는 짧거나 혹은 긴 시간의 방문을 허용했다. 이는 정신 건강을 위해 가장 중요한 조치였다.

이런 업적의 인간적 가치를 그저 통계나 수치로 표현하기란 불가능하다. 이 모든 기관들의 좁은 방에서 저마다 투철히 일한 각각의 사람들을, 또 유능함뿐만 아니라 한없이 커다란 배려를 요구하는 비범한 일들을 함께 창조해 낸 그 사람들을 추모하기란 역시 불가능하다. 여러 국가들의 요구 사이에서 영원히 균형을 유지하기, 감정의 평준을 지속하기가 얼마나 힘들었을까. 어쩌면 수십 년 안에 이를 알려 줄 서류들이 공개될지도 모른다. 이 서류들은 박애적 업적을 위해 얼마나 많은 눈에 띄지 않은 외교적 작업이 필요했는지를 보여 줄 것이다. 선례가 전혀 없는, 무에서, 이론에서 이룩해 낸 이 조직의 성공은, 온 나라가 같은 생각으로 행동할 때, 총리부터 위생병까지 모든 개인들이 엄청난 의무를 인식하고 있을 때, 스위스

전체가 스스로를 초국가적이라고 여길 때에만 가능한 일이었다. 그리고 모든 개인들은 이미 알았으며 이해하고 있었으리라. 이런 과업이 스위스인에게는 우연이 아니라, 이 나라의 의미를 표현한다는 사실을, 아주 높은 의미를 구현하고 있음을 말이다. 이런 맥락에서 이제부터 스위스는 수 세기 동안 항상 유럽을 위한 나라로 기억될 것이다. 더 이상 아름다운 풍경으로, 더 이상 낯선 낙원으로, 더 이상 신혼여행의 목적지로 여겨지지 않고, 여러 나라와 언어를 사랑 속에서 하나로 빚어낸 공동체의 이상으로 남으리라. 생생한 화해의 이상, 형제적 사고를 지키려는 책임, 언젠가 이 세계를 휩쓴 가장 끔찍한 폭풍 속에서도 그런 가치를 끈질기게 수호한 유럽의 조력국으로 생각될 것이다. 붉은 바탕에 흰색 십자가로 된 스위스의 문장(紋章)이 피 한가운데 자리한 평화를 그토록 분명히 의미했던 적은 없었다. 이런 의미에서 미래의 인류는 늘 이 나라의 국기에 인사하게 될 터다.

다시 만난 이탈리아

우리는 여전히 유럽 세계를 거의 예측할 수 없는 변화 속에서 국경이 서로 뒤섞인 하나의 살아 있는 통일체라 여기고 있다. 이런 우리에게 이제 다른 나라와의 재회는 오랫동안, 어쩌면 영원토록 과거와 현재를 끝없이 비교하는 일이 되어 버렸다고 할 수 있다. 우리는 도처에서, 자신의 나라에서도 마찬가지지만, 언젠가 존재했던 것을 대놓고 찾는다. 현재의 인상은 끊임없이 예전의 무언가에 대해 묻는다. 현재 보는 것은 회상이 되고, 회상은 다시 변화, 엄청난 변화를 느끼게 한다. 이변화 속에서 우리 모두는 함께 변한다. 우리가 외국의 모든 것에서 금전 가치의 추락과 동요를 얼른 파악하기 위해 저도 모르게 늘 환산해 보듯, 우리는 변화의 보다 높은 가치조차 긴장된 감정 속에서 측정한다. 따라서 변화를 경험한 우리 세대에게 또다시 자유롭고 편견 없는 눈길로 세계에 다가서는 일은 어쩌면 영원히 불가능할지도 모른다. 언제나 그저 비교하고 과거를 회상하며 느끼거나, 어두워진 현실 위에 이전 시대의 밝은 그늘을 첨가해 뒤섞고, 감각적 눈길을 통해 인상을 얻을 때마다 과거에 체험했던 또 다른 그늘을 첨가해 뒤섞는, 이런 일이 벌써 우리의 운명이 되었다.

이탈리아에 가닿은 첫 순간, 내면에서부터 솟아나는 호기심은 연신 이렇게 질문한다. "그 세월 동안 여기서 무엇이 달라진 걸까?" 그리고 나는 안다. 우리의 작은 나라 안에 갇혀 버린 수많은 사람들의 호기심이 그런 질문을 한다는 사실을. 그러고는 마음을 진정시키고 가장 근원적인 기쁨을 느끼면서 언제나 어떤 깨달음이 이렇게 대답한다. "많이 달라지지는 않았어." 특히 근본은 정말 하나도 달라지지 않았다. 브로브딩낙[37]에서 걸리버가 소인들의 화살을 거의 느끼지 못하듯, 자연은 인간의 광기 어린 경련을 느끼지 못하며, 아무리 화살이라도 거의 바늘로 찌르는 정도의 느낌밖에 없다. 자연에게 한 민족의 역사는 한 시간일 뿐이며, 전쟁은 거의 일 초에 불과하다. 이곳의 모든 근본은 여전히 예전 그대로이고, 어쩌면 더 강력하게 경험하게 된다. 왜냐하면 우리는 아주 오랫동안 근본 없이 지냈기 때문이다. 밀라노 대성당의 하얀 첨탑이 손상되지 않은 채 하늘을 찌르며 떨고 있다.

제노바의 궁전들은 옛날의 장엄함을 그대로 보여 주며 계단 모양으로, 세상에서 가장 멋진 계단을 이루며 거품 이는 바다를 향해 서 있다. 토스카나는 시대를 거쳐 그 영원한 봄을 계속 만개하고, 베네치아는 다채로운 꿈을 꾼다. 전쟁이 몇몇 작은 상처를 남긴 곳에서조차, 포격으로 파괴된 강둑, 공고한 방어 진지가 들어선 산들, 심지어 사람들 머릿속에서조차 이

---

37   슈테판 츠바이크는 『걸리버 여행기』의 소인국 릴리푸트를 거인국 브로브딩낙과 혼동한 듯하다.

미 적대적인 기억은, 최소한 미움의 기억은 없다. 민족 역시 예전의 그 민족, 밝은 생동감으로 가득한 그 민족이다. 이 생동감 때문에 이들 민족에게는 노동조차 놀이로 보인다. 우리한테는 삶을 그토록 견디기 힘들게 하는 불평불만을 이곳에서는 하나도 느낄 수 없다. 온 나라를 화산처럼 휩쓰는 사회 투쟁조차 그 안에 어떤 기쁨, 거침없이 활기찬 용기를 지니고 있다. 나는 이탈리아의 생명력을 그리고 모든 위기에도 불구하고 결코 파괴될 수 없는 그들의 힘을, 오스트리아를 떠나온 길에서보다 더 강력하게 느낀 적이 없다. 정신적인 것 안에서 고양된 긴장이 도처에서 감지되는 지금보다 말이다.

　이탈리아는 변하지 않았고, 이탈리아인도 변하지 않았다. 몇 가지 외적인 것들(결국 이것들은 아무 실체도 없다.), 생활비의 증가, 아직 완전히 해소되지 않은 물자 공급의 어려움 등 사람들이 전쟁의 여파라고 느끼는 그런 것들은 전적으로 오늘날 유럽 전체의 상황이지 이탈리아만의 특징은 아니다. 하지만 대도시의 이미지를 보노라면 그 전형이 확실히 바뀌었음을 느낀다. 그런데 변한 것은 여행객들, 이방인들이다. 이들은 과거에 훨씬 더 많았고, 이들이 자주 방문했던 이탈리아 도시들의 모습을 결정했다. 그런데 이런 현상이 특히 더 적어진 듯보인다. 해외여행은 오늘날에 또다시 예전과 똑같은 것이 되어 버렸다. 여행이란 피로, 수고, 물질적 의미에서는 거의 사치이지만, 전쟁 전 마지막 십 년 혹은 이십 년 동안에 편리함의 증대와 저렴한 가격 덕분에 그런 의미에서 벗어났었다. 현재 모든 나라들은 이전보다 훨씬 더 민족주의적이고, 따라서 이탈리아 역시 이전 그 어느 때보다 이탈리아적이다. 우아함은 더 이상 외국인의 것이 아니라, 대다수 이탈리아 여인들의 몫이 되었다. 그리고 여기서도 (이곳 사람들이 전쟁을 통해 이득 본 사람을 부르는) 페셰카네[38]로 인해 사치가 끝없이 횡행하는 모습을 어디서나 찾아볼 수 있다. 그러자 여행객의 유형도 완벽히 전환되었다. 이제는 (겉보기에 세상 모든 것이 그렇듯이) 외화 시세표에도 서열이 매겨져 있다. 첫 번째는 영국인과 중립 국가의 사람, 즉 스위스인, 스칸디나비아인, 네덜란드인이다. 이와는 반대로 오스트리아인, 헝가리인은 완전히 서열 밖으로 밀려났고, 예전에는 이탈리아 여행객의 가장 큰 몫을 차지 했던 독일인들마저 아주 보잘것없는 숫자로 줄어들었다.

이렇게 사라져 버린 독일의 영향력이 이탈리아 도시의 외적 이미지에 어떤 변화를 초래했는지는, 전쟁 전 마지막 기간 동안 이탈리아를 알고 있던 사람만이 눈치챌 수 있다. 바로 나는 이 같은 변화를 두 나라, 즉 독일과 이탈리아를 위한 행복한 변화라고 느낀다. 왜냐하면 이탈리아 여행은 독일의 유행 이었고, 점차 습격으로 변질되었으니 말이다. 이 습격은 독일 소도시의 속물들, 슈테른하임[39]이나 하인리히 만이 작품에서 표현한 것 같은 인물들이 가족과 함께 볼링 핀처럼 대규모로 밀려들며 이뤄졌다. 결국 사람들은 더 이상 이탈리아를 느끼지 못하고, 그저 독일에 대단한 반감만을 얻게 된다. 베네치아의 산마르코 광장은 이미 독일 사람들이 비둘기에게 먹이를 주는 장소가 되었고, 카프리섬은 도박장, 리미니와 리도섬은 바다로 옮겨 간 이실[40]이 되어 버렸다. 궁전들 사이에는 맥

---

38   pescecane. 본래 '상어'를 의미하는 말이지만 여기서는 '전쟁 성금'을 뜻하며, 1차 세계 대전이 종전한 뒤에 보급되었다.

39   카를 슈테른하임(Carl Sternheim, 1878~1942). 독일의 극작가이자 소설가.

40   바드 이실(Bad Ischl). 오스트리아의 잘츠부르크 남동쪽에 자리한 휴양지.

줏집이 자리 잡았고, 거친 모직으로 만든 외투가 이탈리아의 새로운 민속 의상이 될 위기였다. 그런데 이 시끌벅적한 독일이 ── 이탈리아인의 기쁨을 위해서만은 아니지만 ── 이곳 도시들에서 사라졌다. 사람들이 독일인에게 기대하는 것은 전적으로 좋은 특성들인데, 문학적으로 설명하자면 토마스 만[41]이 표현한 독일인, 이 작가가 그토록 많은 사랑을 담아서 묘사한 조용하고 문화적인 독일인일 터다. 그러니까 그의 형인 하인리히 만이 표현한 독일인, 그가 신랄한 미움을 담아서 공격한 속물과는 반대되는 독일인 말이다. 한편, 외국을 돌아다닐 만한 새로운 종류의 사람들은 스스로의 행동거지를 지나치게 의식해서, 자신의 언어 지식을 너무 믿지 못해서, 어쩌면 새로운 부를 자랑할 수 있는 가장 기분 좋은 기쁨을 박탈당한 채 아직 자기 나라 밖으로 감히 나올 생각을 못 하는지도 모른다. 왜냐하면 그들은 대단히 성급하게 미국인들한테서 부자에 대한 환상을 찾고, 진정한 예술 작품들을 보며 자신들의 비더마이어풍 골동품과 과한 대가를 지불하고 구입한 마리아 테레지아풍 가구의 대용품일 뿐이라고 여기기 때문이다. 해외여행을 다니는 사람은 다시 전쟁 전의 유형으로 변화하고 있다. 최근 수년 동안 오직 해외여행에서만 그런 특성이 드러난다. 즉 무리 지어 다니면서 늘 반발심을 불러일으키는 중간 계층의 사람들이 아니라, 좀 더 수준 높은 영역, 정신적 영역의 대표자들만이 해외여행을 다니고 있다.

　　사람들은 양쪽 국가를 위해서 더 완벽하게 선별된 사람

41 　토마스 만(Thomas Mann, 1875~1955). 독일의 작가. 1929년에 노벨 문학상을 수상했다.

들이 찾아오기를 바라며, 과거에는 더욱 그러기를 바랐다. 그러나 언젠가 시끌벅적하게 이탈리아를 여행한 무리들 사이에는, 다른 의미에서 보자면 가치 있는 유형의 사람들도 적잖았다. 즉 혼자 여행하는 젊은이, 예술가, 화가, 시인들 말이다. 이들은 유행을 좇아서 이곳에 오지 않았고, 소도시에 사는 자기 이웃들을 여행 엽서로 약 올리기 위해 온 것도 아니었다. 그들은 이곳에서 처음으로 정신의 자유를 만끽하며, 위대한 과거를 새로운 민족적 지평과 일치시켰다. 나는 당시의 우리 자신을 본다. 온갖 나라에서 방문한 젊은이들, 독일인, 스칸디나비아인, 영국인, 이탈리아인, 시인, 예술사가, 화가, 음악가, 다양한 계층과 계급과 민족 출신의 사람들이 보다 활발하게 결속되어 피렌체와 로마를 방랑하고, 열정과 흥분에 가득 차서 한 사람이 다른 사람들을 지원했던 그 모습을. 그 시절 (그리고 대부분 파리에서) 우리는 일종의 내적 동지 의식을 배웠다. 협소한 조국 안에서의 삶은 이런 동지 의식을 절대 가져다줄 수 없으리라. 이 이탈리아에서의 밤과 낮은 모든 개개인에게 잃어버릴 수 없는 세월이 되어, 우리 모두에게 이탈리아라는 단어 속에서 쾌활했던 젊음을 다시 찾게 한다. 이 젊은이들을 나는 더 이상 찾아볼 수 없다. 삶의 어려움 때문에 이들에게 이탈리아는 닫혀 버렸다. 앞으로 영원히 이 젊은이들에게는 이탈리아의 쾌활함이 결핍되어 있을 테고, 마찬가지로 이탈리아에게도 젊은이들의 쾌활함은 몹시 부족하게 되리라. 이들, 우리 세계의 젊은이들, 여행이 가로막히고 내쫓긴 이들에 대해 나는 여기서 여전히 생각해야만 한다. 책 한 권이 귀중품이 되고, 극장 관람은 하나의 희생이 되어 버렸다. 여행이 불가능한 이 젊은이들, 현재 오스트리아의 숨 막힐 것 같은 분위기 속에

살면서 스스로 정신을 망가뜨리라고 선고받은 이 젊은이들 말이다. 만약 내가 이 젊은이들에게 얘기해 줘야만 한다면, 그들에게 용기를 건네줄 첫마디는, 세계관의 이러한 가능성, 정신적 자유의 이러한 가능성을 구하기 위해 온 힘을 기울이라는 말이리라. 결심이 선 사람이라면 아직 그럴 수 있다. 그리고 매일 30크로넨에서 60크로넨의 돈을 담보로 태워 버리는 짓을 적절한 시기에 그만둔다면, 젊은이는 일 년에 한 번 여기서 일주일 혹은 한 달 — 환산해 보면 삶에 그토록 값질 수 없는 시간이다. — 을 보낼 수 있고, 그럼으로써 자신의 온 존재를 끝없이 풍요롭게 할 수 있다. 아카데미, 그림, 박물관에서는 배울 것이 없다, 그 점은 분명하다. 시야의 확장 없이, 비교의 가능성 없이 진정한 정신적 성취를 이룰 수 없음 역시 분명하다. 쾌청한 하늘의 광채를 가진 이탈리아는 산산이 쪼개진 우리 오스트리아[42]의 이웃들 중 여전히 유럽에서 가장 강력한 예감을, 반드시 필요하며 늘 새로운 고대와 연결된 예술의 가장 아름다운 미래상을 품고 있다. 그러므로 이탈리아는 영원한 세계로 나아가는 가장 좋은 길이다. 이탈리아는 우리에게 여전히 이상향이고, 침몰해 버린 순수한 영역의 신비로운 이미지이며, 마치 첫날처럼 영원히 새롭고, 이곳에 다시 돌아올 때마다 매번 행복한 곳이다.

---

42 게르만족이 다수를 차지하고, 체코 및 남슬라브계의 크로아티아, 슬로베니아, 세르비아 민족이 소수를 형성하는 인위적인 복합 민족 국가인 오스트리아—헝가리 제국(1867~1918)은 1차 세계 대전 이후에 몇 개의 독립국으로 분할되었으며, 오스트리아는 독립 공화국이 되었다.

1924

샤르트르 대성당

올해만큼 파리가 그토록 강렬하고 눈부셨던 적은 없었다.
또 내적 힘으로 충만한 다채로운 빛 속에서 빛났던 적 역시 없
었다. 더 강력한 리듬이 거리를 뒤흔들었다. 예전에 이 거리
의 부드럽고 느긋한 호흡을 사랑했던 사람은 이 뜨겁고 격정
적이며 거의 이상할 만큼 달아올라 진동하는 숨결을 놀라워
하면서, 거의 경악하게 되리라. 뉴욕과 같은 것, 미국 거대 도
시의 속도와 같은 것이 이 가로수 길 속으로 밀려 들어온다.
사람들이 몰려다니는 거리 위로 하얗고 눈부신 빛이 쏟아진
다. 지붕에서 지붕으로 조명 광고가 이리저리 움직이고, 자동
차의 모터는 집들의 용마루까지 울린다. 도시의 색채, 돌, 광
장 등 모든 것이 이 새로운 속도에 의해 작열하고 펄럭이며 훨
훨 타오른다. 이 찬란한 도시의 모든 신경이 천둥소리를 토하
는 지하철의 굴까지 울려 퍼지고, 도시의 몸통을 타고 흐르는
모든 열기는 무의식적으로 공명한다. 사람들은 이 밀려드는
열정에 내쫓기고 떠밀리고 뒤섞이는 느낌을 받는다. 이 열정
은 정신을 마취시키고 행복하게 하지만 피곤하게도 한다. 이

속도는 즐겁고, 바라보는 눈길에 환상을 불어넣는다. 한편 감정적으로는 강력한 긴장에 사로잡힌다. 그러고 나면 항상 또다시 어떤 순간이 닥친다, '너무 과해!'라고 말하는 순간이. 몇 년 전 느긋하게 강가의 오래된 골목을, 젊은이들이 불미슈 거리를 어슬렁거렸듯이, 거닌 적이 있다. 요즘 사람들은 단 한 시간 동안만이라도 휴식하고 싶어 하지만 그 오래된 골목들은 이제 더 이상 조용한 방랑자에게 호의적이지 않다. 마치 대포의 포구처럼, 그 가느다란 골목의 입구에서 자동차가 잇따라 총알같이 빠르게 빠져나온다. 불미슈에서는 (어디에서나 그러듯) 은행들이 카페를 쫓아냈다. 젊은이와 대학생, 그들은 교외로, 몽파르나스로 밀려났다. 이 요란하고 열에 달뜬 도시에서는 오늘 아침부터 다음 날 아침까지 단 삼십 분도 조용한 곳이 없다. 저 멀리 생클루와 세브르까지 이 도시의 불안한 신경이 실룩거린다. 어디에도, 그 어디에도 더 이상 '달콤한 프랑스'는 없으며, 또 그 어디에서도 저녁 무렵 센강 위에 고요히 일렁이는 은빛을 바라볼 수 있다. 더 이상 그 어디에도 옛 파리는 없다. 감상적이고 육욕적이고 따뜻하던 도시는 이제 근육을 얻었으며, 열광적인 노동자처럼 망치로 박자를 맞추고 있다. 이 도시의 광채는 급격히 솟아오르는 불꽃놀이처럼 쉭 소리를 내며 하늘 높이 빛난다. 이 도시가 뒤집어쓴 영국과 미국의 가면 뒤에서 다시 프랑스를, 예전의 그 프랑스를 느끼고 평온하게 즐기려면, 여기 파리의 수많은 불꽃 속에서 사그라진 그것을 누리려면, 멀리 가야만 한다. 이렇듯 한 시간가량의 휴식을 그리워하다가 돌연, 거대한 대성당 중 유일하게 보지 못한 샤르트르 대성당이 생각났다. 성당은 한 시간 반 정도 떨어진 거리에 있고, 성당과 파리 사이에는 천년의 세월이 놓여 있다는 사실을, 그곳에서는 시대의 리듬이 보다 고요하고 색다른 박자로 움직이고 있다는 사실을 나는 벌써 알고 있었다.

이상한 일이다. 전신주 옆을 탕탕 울리며 쏜살같이 지나가는 급행열차가 벌써 누군가에게는 파리의 찬연한 유희에 대항하는 휴식으로 보인다. 창문에 기대어 평평하게 펼쳐진 풍경을 본다. 누군가에게 그 광경은 꽤 친숙하리라. 왜냐하면 인상주의 그림에서 저 나무, 저 운하, 저 웅덩이를 본 적이 있다고 생각하기 때문이다. 모네, 피사로, 르누아르, 시슬레는 얼마나 자주 이 모든 것을 그렸던가. 촉촉이 젖은 초봄의 화려한 작은 정원, 수줍어하는 자작나무들, 반짝이는 잔디밭, 이울창하고 평탄하며 풍요롭지만 어딘지 단조로운 파리 근교의 대지를. 그 어디에도 제대로 된 숲이, 언덕이, 멀리서 내다볼 수 있는 산이 하나 없다. 그저 잘 손질되고 쓸모 있게 만들어 놓은 초원과 집과 강물뿐이다. 아무리 주변을 둘러봐도 특별한 것은 보이지 않으므로 벌써 싫증이 난다. 그러나 기차가 차차 느려지기 시작할 때, 갑자기 아래쪽에서부터 뭔가 강력하게, 아주 강력하게 솟아오른다. 커다랗고 경이로운 형상이다. "마치 낮은 평지에서 하느님을 향해 팔을 들어 올리며 기도하는, 무릎 꿇은 거인 같다." 프랑스의 시인 폴 클로델은 언젠가 프랑스의 대성당들을 묘사하는 시에서 이렇게 언급했다. 그리고 이제 성당의 모습을 실제로 마주하자, 갑자기 그 글귀들이 다시 떠올랐다. 정말로 이방인처럼, 엄청난 거인처럼, 떡 벌어진 체격의 장수처럼 여기 지방 도시의 낮은 둔덕 위로 성당의 묵직하고 엄청난 지붕이 솟아났기 때문이다. 그 위로 두 개의 탑이 영원한 기도를 드리듯 하늘을 향해 몸을 쭉 뻗고 있었다. 여기 텅 빈 땅 한가운데, 나지막하고 별 의미 없는 도시 한가운데에 이토록 거대한 건물이 솟아 있다는 이 외견상의 무의미, 바로 이것이 결코 잊을 수 없는 웅장한 인상을 준다. 파리의 노트르담은 끝없이 붐비는 거리에서 힘찬 분수처럼 수백만의 신자들을 모으는 게 당연해 보이지만, 돌로 된 첨탑이 없는 빈이나 쾰른에선 생각할 수도 없다. 대도시의 첨탑들을 향해 밀집된 집들은 마치 질긴 덩어리에서 풀려난 듯 치솟는다. 그러나 이곳에서 규모는 경이가 되고, 비율은 체험이 된다.

누가 이것을, 이 어마어마한 공허한 대지 위에, 작고 평범한 도시 위에 높이 지었을까? 장인의 이름들은 사라졌다. 혹시 알더라도 그 이름들이 많은 것을 말해 주지는 않으리라. 왜냐하면 한 사람 혹은 개인은 진정으로 존재하고 영원히 성숙하기 위해 수 세기를 소요하는 이런 기적을 창조할 수가 없기 때문이다. 진정한 건축 장인들, 그들의 이름은 믿음과 인내, 이를테면 이미 사라져 버린 수많은 이름 없는 사람들의 믿음, 묵묵히 노동했던 더 많은 인부들의 인내였다. 사람들은 쓸데없이 건물의 설계나 계획을 철저하게 조사한다. 하지만 오래전 소수의 사람들이 어떻게 가난한 도시에 의존하지 않고, 텅 빈 자연 한가운데에 이토록 거대한 성당을 지을 용기를 낼 수 있었을까 하는, 이 불가피한 질문에 대해서는 아무 대답도 얻지 못한다. 그저 대단한 이웃 도시, 파리와 똑같이 위업을 달성하고 싶은 공명심 때문이었을까? 이탈리아의 교회, 독일의 대성당, 벨기에의 종루 들을 제압하고 싶은 공명심, 이전의 모든 것보다 더욱더 강력한 업적을 성취하고 싶은 공명심 탓이었을까? 아니면 여기 평평한 땅, 언덕 하나 없는 초원 한가운데에, 아득한 옛날 먼 여행을 다녀온 누군가가 첩첩이 쌓인 산과 바위를 구경하고서, 다른 사람들에게 독수리처럼 지평선을 볼 수 있도록 높은 것을 만들고 싶은 열망을 불어넣어 주지 않았을까? 어쨌든 그들은 석조 산맥, 신의 성채를 당대 고객들의 밀려드는 수요에 맞서 거대한 사각형 형태로 짓기 시작했고, 마침내 완성되기 전까지 쉬지 않았다. 한 세대가 끝나면 다른 세대가 거듭 시작했고, 그렇게 탑들을 앞세운 거대한 아치 모양의 건축물은 반짝이는 둥근 머리 부분, 종들이 자리 잡은 허공의 누각에 이르기까지 드높이 세워졌다.

아치 모양의 바윗덩어리가 어떻게 지어졌는지 그들, 이 밝고 햇살 가득한 땅의 인간들마저 스스로 놀랐을 것이다. 왜냐하면 이 땅의 내면은 아마 지옥처럼 검고 추웠을 테니까. 이 아치 형태의 괴물, 돌 속의 돌은 어둠과 은밀한 공포를 내쉬었으리라. 그때 그들은 이 암울한 잿빛의 부담을 줄이기 위해, 햇빛을 모든 색깔로 투과시키고 삶의 다채로움 역시 어둠 속에서 황홀하게 지켜 내기 위해, 창문에 오색찬란한 색유리를 끼워 넣었다. 샤르트르 대성당의 유리창들은 현대의 그 무엇과도 비교할 수 없는 장관이다. 파리의 (가는 격자로 나뉜, 그저 빛나는 유리일 뿐인) 생트 샤펠 성당처럼 지나치게 촘촘하고 빽빽하지 않게, 샤르트르 대성당의 유리창들은 경직된 벽면을 푸른색 타원형으로, 빛나는 장미 무늬로 끝없이 다양하게 물들인다. 마치 카프리섬의 푸른 동굴 안에서처럼 코발트블루 빛깔이 먼 곳에서부터 마술적으로 비쳐 들며, 불가해한 속박과 분산 속에서 보랏빛으로 방을 비춘다. 이 방은 이제 도저히 형언할 수 없는 어스름으로 차분하게 가라앉는다. 이 모든 색깔 하나하나가 그윽하고 찬란하며 순수한 깊이를 가졌다. 아마 이 깊이는 우리의 번잡한 세상에서는 오직 알프스의 꽃들,

즉 용담, 슈네로제, 에델바이스와 같은 꽃들만이 가졌으리라. 우리의 새로운 화학과 요란한 공장들은 끓는 유리에 그 순수한 색의 깊이를, 오직 여기에만 존재하는 색채를 휘황찬란하게 녹여 붓고 싶었던 것 같다. 서늘하고 높은 천장 아래서 사람들은 천상의 불 속에, 밝은 광휘의 더할 나위 없는 축복 속에 있는 듯 느끼게 된다.

그러나 성당을 지은 그 이름 없는 사람들이 생각하기에 이 우뚝 솟은 건물 내부의 삶은 아직 이것으로 충분하지 않았다. 성당의 암벽은 이미 꽃으로 가득하고 빛으로 반짝이며, 자연이 되고 경치가 되었지만 여전히 그 안엔 진정한 삶, 즉 모든 형태의 인간들과 우글거리는 짐승들이 부족했다. 그래서 이들은 초상화, 돌로 된 형상들을 사방에 세워 놓음으로써, 단단한 암벽 속에 생명을 불어넣었다. 엄청난 수의 무리들이다. 이들은 웅장한 주 현관 앞에 근엄한 파수꾼으로 서 있다. 천사들과 대주교들은 고딕식으로 근엄하고 홀쭉하게 기둥 밖으로 도드라져 있다. 날개 끝이 톱니 같은 박쥐처럼 벽감에서 활개 치는 것도, 첨탑의 낙수구로서 입을 벌린 채 허리를 수그린 것도 있다. 이들은 무질서한 무리를 이루며 아치를 가득 채운다. 여기저기 떠도는 이야기들 같다. 그리고 조형물로 기록해 놓은 전설이 제단 주변을 에워싸고 있다. 구세주의 수태 고지, 탄생, 부활, 한 해 동안의 경축일들, 황금 전설, 잃어버린 아들, 선한 사마리아인 등, 이 모든 것들이 돌 안에서 살아 숨 쉬고, 창문 위에 찬연히 형상화되어 있음을 볼 수 있다. 성당에 가득한 이 형상들을 모두 설명할 수 있는 사람은 없다. 이 형상들은 수천 개 혹은 수만 개일지도 모른다. 기둥이라는 거대한 나무들 사이에 우거진 관목과 덤불처럼 곳곳에 자리 잡은 인간의 형상들은 아치의 꼭대기까지 연신 올라간다. 모든 양식, 모든 형상 들이 다 모여 있다. 장 드 보스가 14세기에 시작했고, 18세기가 되어서야 비로소 완성된 모든 벽과 제단은 조각의 변천을 보여 준다. 그래서 우리는 몇 분 만에 몇 세기 동안의 예술사를 통달할 수 있다. 그리고 절대 끝까지 다 볼 수 없음을 안다. 왜냐하면 모든 세대의 석공과 조각가 들이 여기서 영원히 하느님을 존경하기 위해 이 한 무리의 속된 형상들을 생각해 냈기 때문이다.

이 형상들의 온갖 무리들, 그 엄청난 무리들, 기둥과 지하 납골당과 아치와 벽에서부터 밀려드는 이 무리들. 우리는 오늘날의 군중에게서 이런 무리들을 느낀다. 일요일이므로 시민들이 대성당을 가득 채운다. 아니, 이것은 그저 표현일 뿐이다. 왜냐하면 시민들은 이곳 대성당을 채우지 않기 때문이다. 벤치 몇 개만 채울 정도의 인원으로, 여기저기 그림 앞에 무리지어 있을 따름이다. 수없이 많은 석상들 앞의 살아 있는 인간의 무리는 얼마나 부서지기 쉽고 보잘것없는지, 대성당의 거대한 좌석 사이에서 기도하는 사람들의 무리는 또 얼마나 작디작은지. 이 교회는 전 세대를 위한 공간을 가진 것 같다. 이승의 모든 목적을 위해 영원히 아주 거대하게 존재하는 것, 모든 가능성을 아득히 넘어서는 것, 무한의 상징으로서만 존재하는 것. 그런 점에서 이 대성당은 숭고한 모범을 보여 준다. 저지대 한가운데에 이 성당을 세운 사람들은 그저 믿음을 영원히 전하려 했고, 조형된 돌 속에 자신들의 경건한 의지를 무한히 간직하려 했다. 우리는 여기서 경외심을 품고 '고딕의 정신'을 느낀다. 믿음과 인내의 세기, 다시 돌아오지 않는 세기를. 다른 척도로 시간을 헤아리고, 다른 속도로 유유자적하는 우리 세상에서 이 같은 작품은 두 번 다시 만들어지지 않을 것이기 때문이다. 인간은 더 이상 대성당을 짓지 않는다.

그렇다, 인간은 더 이상 대성당을 짓지 않는다. 그런 불변의 형상들을 보고 집으로 돌아오니 잠시 우리 시대가 빈곤하게 느껴진다. 우리의 계획은 성급한 목표만을 노리고, 우리의 리듬은 보다 성마르게 움직인다. 그러나 현대의 성과는 더 이상 전 세대를 살피지 못한다. 아니, 개인의 삶조차 살피지 못한다. 우리, 이야기하는 불꽃 덕분에 단 일 초 만에 다른 대륙으로 말을 전할 수 있게 된 우리는 느린 돌 속에, 무한한 세월속에 우리 존재를 표현하는 방법을 잊었다. 우리의 경이는 더욱 편리하고 더욱 개념적인 것이 되었으며, 우리의 꿈들 역시 덜 구체적인 무언가로 변했다. 마치 숭고하게 낯설어진 것으로부터 작별하듯, 파르테논 신전이나 기자의 피라미드 같은 것과 작별하듯, 영혼은 이렇게 거대한 형상과 작별한다. 그리고 우리는 그때부터 세상이 얻었던 영원성을 잃었음을 잘 안다. 온 민족의 정신을 탁월하게 구체화할 수 있는 능력, 한 시대의 천재를 하나의 작품 속에 구현할 수 있는 능력을 말이다. 이것은 사라졌다. 인간들은 더 이상 대성당을 짓지 않는다.

이제 기차들이 저녁의 어둑한 풍경을 지나서 쏜살같이 되돌아가는 저곳, 눈길이 아직 거대한 도시를 예감하지 못하는 저곳, 파리의 분위기가 이제야 약간 감지되는 저곳에서 이글대는 반구가 솟아오른다. 이윽고 지평선 위로 눈에 보이지 않는 붉은 아치가 하늘까지 드리운다. 그것은 파리에서 내뿜는 열기가 만들어 내는 불의 원형이다. 돌과 지지대 없이 매일 밤 그곳에서 만들어지는 또 다른 대성당이 — 수천 개의 네모진 돌로 지어진 샤르트르 대성당처럼 — 빛과 전기의 불꽃으로 기묘하게 솟아나고 있다. 북적대는 도시 위에서 빛으로 작열하는 이 대성당, 우리 시대에 가장 장엄한 이 대사원은 매일 밤 수많은 전기 에너지를 통해, 뜨겁게 번쩍이는 수백만의 생명에 의해 확고부동하게 서 있다. 이 대사원은 샤르트르 대성당을 세웠던 것과 똑같은 믿음으로 만들어지지는 않았을 수도 있다. 그러나 똑같이 활활 타오르는 의지로, 똑같이 무한한 삶의 에너지로 만들어졌으리라. 장엄하게 아치를 이루고 초현실적으로 빛나는 대사원은, 파리의 이 새로운 대사원은 속삭임에 귀를 기울이는 밤 속에 우뚝 솟아 있다. 어쩌면 예전의 건축 장인들은 오늘날의 대사원을 역시 장엄하고, 웅장하고, 신성하게 여길지도 모른다. 그들이 전해 준 작품들을 우리가 그렇게 생각하듯 말이다. 각 시대는 지상의 풍경 속에 각기 다른 기호로 자신들의 역사를 써 놓는다. 이처럼 삶의 의지로 시간의 틈새에 새겨 넣은 하나의 기호를 그리고 또 다른 기호를 (이 기호들은 서로 정말 낯설게 보인다.) 읽고 이해하고 사랑하는 것보다 더 놀라운 일은 없다.

1925

미식 축제

마르세유에서 돌아오는 길에 부르군트 대공들의 웅장한 묘와 함께 박물관을 꼭 한번 둘러볼 생각으로 디종에 머물 때였다. 그때 마침 나는 특별한 축제를 보았다. 역에서부터 이미 형형색색의 깃발이 맞이해 주었다. 밝은 한낮에 마치 작은 횃불처럼 작고 화려한 깃발들이 활활 타오르고, 어디선가 덜컹거리는 회전목마에서 음악이 울려 퍼진다. 이런 치장은 대체 어떤 성자를 위한 것인가, 하고 놀라서 자문하노라니, 벌써 저쪽 골목을 가로질러 팽팽하게 펼쳐진 현수막의 글귀가 답을 알려 준다. 번역해 보자면 '미식 축제'라는 뜻이다. 정말 우리의 불만스러운 세상에도 이런 것이 있다. 고대 로마에서 오 년마다 행했던 속죄 희생제 이후, 시민 저택의 화려함 때문에 독일의 아우크스부르크를 연상시키는 이 부르군트의 도시, 디종에서는 매해 이런 축제가 열린다. 재상과 시장의 개회사, 박력 있는 연설과 시시한 시들이 함께하는 축제. 하지만 보는 바와 같이 좋은 포도주와 고급스럽고 풍성한 먹거리도 마련된 훌륭한 음식 축제가 열리는 것이다. 이제 모든 레스토랑은 삼주 동안 마치 의무처럼 매일 몇 가지 특별한 음식으로 다른 레스토랑과 경쟁해야 한다. 그리고 이 음식들은 음악과 마찬가지로 일주일 전에 세밀하고 치밀하게 계획되어 미리 축제 프로그램을 장식한다. '미식가 달력'인 것이다. 이를 우리가 사랑하는 독일어로 번역하기란 폴 발레리나 말라르메의 시를 독일어 시행으로 옮기는 것만큼이나 어렵다. 거리에서는 갓구워 낸 와플을 바삭바삭 씹는 소리가 들린다. 가게 앞에는 정말 맛있다고 하는 부르군트의 포도밭 달팽이가 산처럼 쌓였다. 이 달팽이는 다른 때에는 느릿느릿 살금살금 포도 사이를 기어 다녔을 테지만, 지금은 포도와 함께 훨씬 빠른 속도로 먹히고 있다. 하얀 모자를 쓰고 점잖게 불그레해진 얼굴을 한 요리사들은 여기선 마치 독일의 장교들 같다. 한없는 예찬의 대상이며, 축제의 확실한 주인이다. 더불어 저쪽에서는 '포도주 시장'이 열린다. 사방에서 찾아온 구매자들은 그새 여러 잔 시음한 탓에 기분 좋게 흥분해서 약간 게슴츠레한 눈으로, 유쾌한 눈빛을 번득이며 거리를 돌아다닌다. 이들의 목소리는 벌써 조금 높아졌다. 많은 신사들과 구릿빛으로 번들거리는 취한 얼굴, 이들은 쾌활하고 호탕하며 즐거운, 프록코트를 입은 친절한 실레노스[43]로서 기분 좋게 들뜬 장면 속으로 합류한다.

솔직히 내가 말했듯, 이처럼 순수하고 풍성하며 소박하고 인간 본성에 어울리는 축제가 우리의 불만스럽고 과도하게 소란한 세상에 여전히 존재한다는 사실이 정말 기쁘지 않은가? 프랑스 사람들은 훌륭한 음식을 예술로 여기는 일을 절

---

43   술의 신 디오니소스를 추종하는 반인반수의 종족.

대 그만두지 않을 터다. 그러나 식도락은 신체적 예술, 따라서 말초적 예술이라는 점을 나는 잘 안다. 나는 이런 축제에서 느낀 들뜬 기쁨을, 내적 세계를 포괄하는 황홀감을 안겨 주었던 결코 잊을 수 없는 축제, 즉 올해 라이프치히의 무역 축제에서 느꼈던 기쁨과 비교하고 싶지는 않다. 아니다, 한 민족이 그리고 한 도시가 쾌활하고 근심 없이 우리 존재의 보다 평범한 부분을 인정하고, 아주 부드러운 사랑과 끈질긴 열정으로 부수적인 것에 특별한 의미를 부여할 수 있는 용기를 갖는다면, 그저 비교해 대거나 건방지게 입을 비죽거리고 싶지는 않다. 바로 이런 근심 없음 속에서, 바로 이런 사소한 것에 대한 호탕한 기쁨 속에서 아주 명백한 프랑스적 기질이 발휘된다. 이런 특징은 독일에서 거의 찾아볼 수 없다. 한편 우리들은 정말 고집스럽게 파리에만 눈길을 주는데, 유감스럽게도 파리는 놀라울 정도로 빠르게 탈프랑스화되었다. 그리고 걱정스럽게도 이미 세계의 습관을 익힌 국제적 도시가 되었다. 따라서 우리가 프랑스를 더 잘 이해하려면 지방으로 가야만 한다. 오직 그곳에서, 작은 축제에서, 그런 들뜸 속에서 그리고 무가치함 속에서만 색다른 면모가 드러난다. 그렇게 나는 여기, 디종의 이 축제에서 이제는 아주 기이하게 여겨지는 것을 보았다. 쾌활함, 크지는 않으나 내면에서 우러나오는 기쁨, 단순한 것, 매일 창조하는 즐거움, 따라서 뭔가 아주 드문 것, 내가 오래전에 우리한테서 떠나 버렸다고 잘못 생각했던 그런 것에 대한 즐거움을 발견했다. 어쩌면 내가 그것을 알아차린 까닭은 그저 기쁨 가득한 시간과 이곳에서 넘치도록 제공해 준 순수하고 부드러운 포도주에 물든 덕분이리라. 하지만 나는 그것을 몇 시간 동안 보았고 또 느꼈다. 그러므로 '좋은 기억의 책',

즉 '넬 리브로 델라 미아 메모리아(내 기억의 책)'에 이 디종의
축제를 기꺼이 적는다.

1926

여행하기 혹은 여행당하기

항구와 역, 그들은 나의 열정이다. 나는 이들 앞에 몇 시간이고 서서 기다릴 수 있다. 인간과 물건 들을 가득 싣고 쏴쏴거리며 다가오는 새로운 물결이 이미 넘쳐흐른 물결 위를 또다시 뒤덮을 때까지. 나는 신호들, 시각을 알리는 소리와 차편여행의 신호들을, 고함과 소음을 사랑한다. 시끌벅적하고 먹먹하게, 하지만 긴밀하게 서로 뒤섞여 울리는 소리들. 모든 역은 서로 다르다. 또한 모든 역은 다른 먼 곳을 자신 안으로 불러들인다. 모든 항구, 모든 배는 다른 화물을 끌어들인다. 그들은 우리 도시들 안의 세계이며, 우리 일상 속의 다양성이다.

이제 나는 다른 종류의 역들도 보았다, 파리에서 처음으로. 이 역들은 현관도 지붕도 없이 거리 한가운데에 있고 표지조차 없다. 하지만 끊임없이 밀물과 썰물처럼 차량이 오간다. 그곳은 어느 거대한 협회의 자동차 소재지이다. 이 자동차들이 언젠가 기차를 완전히 대체하게 될 것이다. 그것을 타면 지금까지와는 다른 여행이 시작된다, 단체 여행, 계약에 의한 여행, 여행당하기 등. 아침 9시에 벌써 첫 번째 무리가 대로에서 이쪽으로 온다. 승객은 40~50명 정도로 대부분 미국인과 영국인이다. 알록달록한 모자를 쓴 통역사가 그들을 차에 태운다. 이들은 베르사유, 루아르성, 몽생미셸을 돌고, 남쪽 프로방스 지역까지 안내받는다. 수학적 체계화가 이들 모두에게 이 여행에 대한 선견지명을 부여했고 준비하게 해 주었다. 이들은 더 이상 탐색하고 예측할 필요가 없다. 엔진에 시동이 걸린다. 승객들은 낯선 도시로 떠난다. 점심(여행비에 포함)이 그곳에서 기다리고 있고, 저녁에는 침대가 기다리고 있으며, 도착하는 곳마다 박물관을 비롯한 볼거리들이 활짝 문을 열어 놓고 있다. 문지기를 데려올 필요도 없고 팁을 줄 필요도 없다. 매 순간 시간이 미리 계산되어 있고, 최고의 경험을 위한 여정 역시 선별되어 있다. 이 모든 게 얼마나 쾌적한가! 돈을 생각할 필요도, 준비할 필요도 없으며, 책을 읽거나 숙소를 물어볼 필요도 없다. 여행을 당하는 사람들(나는 여행하는 사람들이라 말하지 않겠다.) 뒤에는 알록달록한 모자를 쓴 여행 관리인(왜냐하면 그는 일종의 관리자이자 경비원이기 때문이다.)이 서서 그들에게 기계적으로 모든 특별한 것들을 설명해 준다. 여행 사무소에 가서 여행 상품을 고르고 계약금을 지불하고, 나머지 돈을 준 뒤 일종의 십사 일간의 여행 연금 자격을 얻는 것 외에는 아무것도 할 필요가 없다. 그러면 벌써 짐이 앞서 굴러가고, 우렁각시 같은 누군가가 한 번도 본 적 없는 풍경 속에 음식과 침대를 미리 준비해 놓는다. 그리고 그렇게, 손가락 하나 까딱 않고 이제 영국과 미국의 수많은 사람들이 이곳으로 여행을 온다. 아니, 오히려 여행당한다고 말하는 편이 좋을 것이다.

　나는 언젠가 이렇게 여행에 끌려다니는 사람들의 입장에

서 보고자 애썼던 적이 있다. 편안하다는 사실을 부정할 수는 없다. 모든 감각을 보고 즐기는 데에 자유로이 사용할 수 있다. 또한 잠자리나 점심 식사처럼 사소하지만 끊임없는 걱정거리에 방해받지 않으며, 기차 일정을 찾아볼 필요도 없고, 돌부리에 걸려 넘어질 듯 뒤뚱거리며 잘못된 골목에 들어설 위험도 없으며, 자신을 놀리거나 속이는 사람도 피할 수 있고, 애써 외국어를 더듬거리며 말하지 않아도 된다. 모든 감각은 오직 새로운 것을 받아들일 각오만 하면 된다. 그리고 또 이 새로운 것들 역시 볼거리를 고려해서 수십 년간 불순물을 걸러 낸 결과물이다. 사람들은 그런 단체 여행에서 정말로 가장 중요한 것만을 본다. 사회에는 자신의 기쁨을 숨김없이 다른 사람과 공유할 때에야 비로소 기쁨을 실감하는 사람들이 반드시 있다. 게다가 이런 여행은 저렴하고 실용적이며 특히 편안하다. 그러므로 분명 미래의 여행 방식이 될 것이다. 사람들은 더 이상 자발적인 여행을 하지 않고 수동적으로 여행에 끌려다니게 되리라.

하지만 상품화된 여행으로 인해 여행의 참된 비밀이 사라지지는 않을까? 아주 오랜 옛날부터 여행이라는 단어에는 모험과 위험, 변덕스러운 우연과 유혹적인 불확실성의 은은한 향기가 맴돌았다. 우리가 여행하는 까닭은 그저 먼 곳에 머물고 싶기 때문이 아니라, 자신의 세계로부터, 하루하루 규칙적인 일상으로부터 벗어나고 싶어서, 그러니까 집을 떠나는 즐거움, 따라서 자기 자신이 아닐 수 있는 즐거움을 누리기 위해서다. 우리는 여행을 체험함으로써 단순히 안정되고 편안하게 살아가기를 잠시 중단하고자 한다. 그러나 저들, 수동적인 여행을 하는 사람들은 모르리라. 진정한 방랑자의 신, 즉 우연이 그들의 발걸음을 이끌지 않으면, 많은 것들을 그냥 지나칠 터이므로 새로운 세계로 들어가지 못하리라는 사실을. 그렇게 어떤 나라의 특별하고 사적인 것들을 전부 놓쳐 버리고 만다. 이 미국인들과 영국인들은 여전히 미국과 영국의 대중 자동차 속에 머물러 있는 것이다. 그들은 외국어를 듣지 못하며 (어떤 만남도 없기 때문에) 그 민족의 특성과 풍습을 느끼지도 못한다. 그들은 분명히 볼거리를 본다. 하지만 매일 각기 차에 올라타는 스무 명 모두가 동일한 볼거리를 볼 따름이다. 모든 사람이 동일한 것을 체험하고, 같은 사람이 동일하게 설명한 것을 통해서 알 뿐이다. 그 누구도 새로운 것을 깊이 알지 못한다. 절대 홀로 바라보지 않은 채, 스스로의 노력으로 경이로움을 경건히 끌어안지 못한 채, 단체 안에서, 쓸데없는 잡담과 대화 속에서 최고로 정선된 가치와 세계에 다가가기 때문이다. 여행을 마치고 그가 집에 가져가는 것은 이 교회, 저 그림을 직접 눈으로 보았다는 실용적인 자부심 외에는 아무것도 없다. 이것은 내적 교양과 문화적 확충이라기보다 오히려 스포츠의 기록 같은 것이다.

따라서 진정한 여행을 하려면 차라리 불편함, 성가심, 불쾌함이 낫다. 이것이 제대로 된 여행이다. 왜냐하면 쾌적함, 편리함과 실제로 체험한 것 사이에는 늘 모순이 존재하기 때문이다. 삶 속의 모든 근본적인 것, 우리가 이득이라고 부르는 모든 것은 노력과 반항에서 자라났고, 세계 감정의 모든 실제적 증가는 우리 존재의 사적 영역과 어떻게든 연관되어 있음이 분명하다. 그러므로 점점 더 기계적으로 진보하는 여행은, 외부에서 낯선 것에 다가가려 하고 새로운 경치로부터 정말 활기차고 강렬한 인상을 영혼으로 받아들이려고 하는 사람에게 득보다는 위험이 되리라고 나는 생각한다. 우리가 스스로 발견하지 않은 곳, 혹은 적어도 발견했다고 착각한 곳, 숨겨진 힘과 호의가 우리를 새로운 것들로 이끌지 않은 곳, 거기에는 즐거움 속의 은밀한 긴장감이 부족하다. 이를테면 한 번도 보지 못한 것과 우리의 경탄하는 눈길 사이의 연결이 부족한 것이다. 우리가 체험들을 편안히 대접받지 않으면 않을수록, 우리는 새로운 것들을 모험적으로 대할 것이며, 결국 여행과 우리는 좀 더 긴밀하게 연결될 터다. 산악 철도는 멋지다. 그것들은 단 한 시간 만에 우리를 어마어마한 산맥 위로 데려다준다. 우리는 편안하게 저 아래서 굽이치는 세상을 빙 둘러보며 즐길 수 있다. 하지만 이렇게 기계적으로 산을 오르는 것에는 뭔가 정신적인 매력, 묘하게 흥분되는 자부심, 정복감이 결여되어 있다. 이 기이하면서도 참된 체험의 감정을 그리워할 만한 사람들이 있다. 바로 적극적으로 여행하는 대신에 수동적으로 여행하는 사람들, 여행 비용을 지갑에서 꺼내 여행사 창구에 지불하는 사람들, 그러나 다른 비용, 즉 보다 고귀하고 보다 가치 있으며 내적 의지와 긴장감에서 나오는 비용만은 지불하지 않는 사람들이다. 그런데 이상하게도 여행하면서 맞닥뜨리는 불편과 손해는 훗날 아주 풍요롭게 대갚음받을 수 있다. 우리가 불쾌함, 불편함, 착오를 치르고 얻은 인상의 기억만이 유난히 밝고 강렬하게 남으며, 또 여행의 사소한 힘겨움, 곤란, 혼돈 외에는 아무것도 생각나지 않기 때문이다. 마치 우리가 나이 들어서 젊은 시절의 가장 우둔하고 어리석은 짓을 진심으로 즐거워하며 사랑하는 것과 같다. 우리의 일상적 삶이 점점 더 기계적이고 질서 정연한 기술 시대의 매끄러운 선로 위를 달리는 것을 우리는 더 이상 막을 수 없다.

어쩌면 전혀 그러고 싶지도 않을 것이다. 단순하고 편리해질수록 우리의 힘이 절약되기 때문이다. 하지만 여행은 낭비여야만 하고, 우연을 위해 질서를 포기하고, 비정상적인 것을 위해 정상적인 것을 포기해야 하며, 우리의 성향 중에서도 가장 사적이고 가장 독특해야만 한다. 이제 우리는 대량 이동, 여행업의 참신하고 관료주의적이며 기계적 형태에 맞서서 여행을 보호해야만 한다.

우리 세상을 지나치게 정돈하고 축소해 놓은 공간 속에서 실용적인 중개업자의 화물처럼 모험하지 말자. 그 대신 자발적인 의지로 자주적인 목표를 향해 고풍스러운 방식으로 저 멀리 여행하자. 그래야만 비로소 여행은 외적 세계뿐만 아니라 우리 내적 세계의 발견이 되기 때문이다.

1932
축제의 피렌체

약간의 우울함이 여행을 에워싸고 있다. 오스트리아의 인스브루크, 남쪽으로 이어지는 선로의 플랫폼이 아주 쓸쓸하게 서 있다. 한두 사람이 기차를 기다린다. 다른 해, 이맘때에 기차는 보통 수백 명의 사람들을 이탈리아의 봄으로 데려다주었다. 부자뿐 아니라 중산층 사람들, 대학생들과 떠돌이들, 눈동자를 빛내며 즐거워하는 다양한 여행객들을. 드디어 기관차가 들어온다. 객차가 세 량 딸려 있다. 어둡고, 비었고, 잠에 취해 있다. 객차를 살피는 국경 경비원들이 여행객보다 많다. 평소라면 밝고 탐욕스럽게 북쪽에서 남쪽으로 밀려갔다가 다시 엄청나게 돌아오는 파도, 이 파도를 눈에 보이지 않는 장벽이 가로막고 있는 것 같다. 예전에는 거의 느낄 수 없었고 그저 단순히 표시되어 있을 뿐 진정한 방해물은 아니었던 국경이 돌연 또다시 만리장성이 되어 버렸다.

기차 안 승객들에게는 각자 지정석이 있다. 아니다, 그 이상이다. 한 사람이 거의 기차 전체를 차지한다. 대담하고 교만한 사람이라면, 오직 자기만을 위해 오십 개의 바퀴가 쿵쿵거리며 중노동을 하고 있다고 상상할 터다. 하지만 심장으로 느끼는 추억을 가진 사람이라면, 극도의 편안함을 가벼이 기뻐하는 대신, 전쟁이 못질해 놓은 국경을 불쾌하게 떠올릴 것이다. 그 사이 어두운 생각 아래의 기차 바퀴들은 급히 알프스 언덕을 내려가고, 풍경을 바라보는 이의 아침을 향한 첫 눈길을 깨끗이 씻어 준다. 늦게 찾아온 봄 속에서 토스카나는 광택 없는 초록색으로 빛난다. 나지막한 언덕을 올라가고, 쓸쓸한 포도밭을 부드럽게 스치고 지나간다. 눈에 보이지 않는 대가의 손이 그려 낸 매력적인 파스텔화다. 마취 없이도 심장을 취하게 하는 온화한 남쪽 공기가 코끝을 스친다. 토스카나, 여기서 세상의 영원한 아침이 반짝인다. 우리 서양 땅에서 예술이 시작된 곳. 푸른빛을 품은 교회 첨탑의 측면 돌출부 안에서, 오래된 성채 안에서, 고요한 소나무 안에서 옛날 피렌체의 대가들이 만들어 낸, 잊히지 않기 때문에 잊을 수 없는 풍경들의 기억이 생생히 펼쳐진다. 사람들은 생전 처음 보는 듯 풍경을 바라본다. 기대하지 않았던 풍경의 파란색과 아침에 떠오르는 빛깔들의 신선함은 그렇게 새롭다. 이 음울한 겨울날, 이런 광경을 꿈꾸었던 것 같기도 하다. 언덕들, 깨어난 기억 속의 그 비탈들이 점점 더 익숙해지더니, 돌연 산 미니아토 알 몬테 성당의 탑이 반짝인다. 우리는 축제의 피렌체에 있다.

피렌체의 첫 번째 축제, 영원한 축제는 봄이다. 이 도시는 마치 5월을 위해서, 오직 5월을 위해서만 존재하도록 정해진 듯하다. 다른 계절에 이 도시를 본 사람은 종종 봄의 피렌체를 안다고 생각한다. 그러나 그는 이 도시를 모른다. 왜냐하면 형용할 수 없는 이 몇 주 동안 피렌체 하늘의 푸른색은 라파엘 전파의 우아함을 지니고 있고, 여름에는 진흙 속으로 자취를 감춰 버리는 아르노강은 오직 이때에만 풍부한 수량을 갖고 있으며, 구름들 역시 오직 이때에 낙원 같은 하얀색, 사람들이 그 속에서 천사의 옷을 꿈꾸는 하얀색을 띠기 때문이다. 오직 봄의 대기만이 그 달콤한 보리수 향기를 품고 있으며, 아직 따뜻하지는 않지만 막 피어나는 무수한 꽃들의 숨결 속에서 옅게 생동하고 있다. 집들은 아직 태양 속에서 달아오르지 않은 채, 그저 금빛 속에서 반짝이고만 있다. 꽃들이 아직 지천으로 피어 있지는 않지만, 어리고 달콤한 라일락 꽃가지는 담 위에 걸렸다. 이제 봄의 온화한 피리가 가장 아름답고 마음을 열리게 하는 선율을 연주한다. 며칠 더 있으면 여름이 소리 높여 팡파르를 울릴 것이고 그러면 작열하는 색채, 뜨거운 빛에 의한 환각, 고통스러울 정도의 혼란이 시작될 것이다.

피렌체는 이런 축제, 스스로의 영원한 축제 속으로 빠져들면서 이번엔 특별한 축제 '레 페르테 델라 쿨투라', 즉 문화 축제를 마련했다. 세상은 이 도시가 과거에 우리 문화를 위해 대단한 위업을 성취했음을 잘 안다. 그런데 이제 이 도시는 자기 안에 예술적 의미가 생생하게 남아 있음을 입증하려고 국제적 예술을 손님으로서 초대했다. 여기, 르네상스 당시에 아주 귀중한 필사본이 채색되고, 화려한 고판본이 인쇄되었던 이곳에서 국제 도서 박람회, 즉 '라 피에레 델 리브로'를, 아주 화려하게 치장한 전시관들을 연다. 이 전시관들은 특히 이탈리아 책 예술이 지난 수십 년 동안 이뤄 낸 발전을 여실히 보여 준다. 또한 프랑스, 스페인과 다른 나라들도 있다.(이번에 독일만이 절약을 이유로 불참했다.) 이 박람회를 중심으로 축제 속의 축제가 또 열린다. 피아차 델라 시뇨리아, 즉 시뇨리아 광장에서는 옛날 복장 그대로 고대의 축구 경기인 '지오코 델 칼시오' 대회가 열린다. 오래된 피렌체 가문의 후손들이 옛날 옷을 차려입고 경기하는 것이다. 오페라 극장에서는 불행하게도 우리 오스트리아에선 잘 연주되지 않는 이탈리아 작곡가 벨리니의 오페라 작품, 「몽유병의 여인」과 「노르마」를 토티 달 몬테[44]의 노래로 들을 수 있다. 극장에서는 막스 라인하르트[45]가 객원 공연을 하며, 베를린 필하모니 관현악단이 멋진 연주를 들려준다. 이곳 대학은 도시에서 가장 아름다운 홀, 팔라초 베치오의 살라 델 아르겐토에서 열리는 강연에 여러 나라의 손님들을 초대했다. 조반니 파피니[46]가 피렌체에 대해, 드미트리 메레시콥스키[47]가 레오나르도 다빈치에 대해, 폴 모랑[48]이 연극에 대해, 에밀 루트비히[49]가 괴테에 대해 연설한다. (그리고 나는 바로 오늘, 강연에서 두 번째로 중요한 '유럽의 이상'을 주제로 선택했다.) 여기에 운 좋게 손님으로 초청된 사람은 선택받은 순간부터 모든 특권을 누리며, 남쪽 나라의 호의 어린 관계를 기뻐하고, 이탈리아 시인들과 함께 친근한 시간을 체험하고, 보통은 방문객을 허용하지 않는 궁전 속에 감춰 둔 수집품들을 볼 수 있다. 그리고 모든 것, 하다못해 사람들의 마음까지 나에게, 이 오스트리아인에게 열렸다. 그렇게

44   토티 달 몬테(Toti dal Monte, 1893~1975). 이탈리아의 소프라노이자 성악 교육가.

45   막스 라인하르트(Max Reinhardt, 1873~1943). 오스트리아 배우이며 연출가.

46   조반니 파피니(Giovanni Papini, 1881~1956). 이탈리아의 언론인, 평론가, 시인, 소설가.

47   드미트리 메레시콥스키(Dmitri Sergejewitsch Mereschkowski, 1865~1941). 러시아의 시인, 소설가, 비평가.

48   폴 모랑(Paul Morand, 1888~1976). 프랑스의 외교관, 작가.

49   에밀 루트비히(Emil Ludwig, 1881~1948). 독일의 작가.

나는 독특한 풍경 — 장려한 5월 아침의 산 지미냐노와 시에나 — 과 함께 언어의 음악과, 그 어디에도 없이 오직 이곳에만 존재하는 인간적인 것의 하모니를 즐긴다.

사람들은 다시 깨닫는다. 오직 오래된 역사를 지닌 도시들, 예술과 풍경을 이미 그 안에 품고 있는 도시들만이 여러 문화 축제의 호명을 받는다는 사실을 말이다. 현재는 그것이 영원을 불러일으킬 때 더 깊이 이해되며, 일회적인 한계는 생각하지도 않았던 가치 있는 방식으로 현실을 승화한다. 거대한 도시, 수백만이 사는 도시, 그런 도시는 넘치도록 많다. 이들은 끊임없이 시끌벅적하고 자극적인 축제들로 화려함을 과도하게 뽐낸다. 그곳에서는 그저 가장 협소한 무리, 일부의 소수만이 축제에 대해 알고 있으며, 원래의 대중, 정적인 대중은 축제와 무관하게 지낸다. 하지만 피렌체(그리고 우리 오스트리아의 잘츠부르크) 같은 도시들은 그곳의 모든 존재들과 함께 축제를 즐기며, 축제는 새로운 것과의 유대 속에서 열린다. 사람들은 축제의 나날 동안 도시의 피가 더욱더 생동감 넘치고 격앙되어 흐르고 있음을 느낀다. 그림과 틀이, 무대와 객석이, 배경과 전경이 하나로 녹아든다. 며칠, 한 주 혹은 두 주 동안 예술은 진정으로 그러한 도시의 본래 의미이자 예술적 사상이 된다. 축제적인 것, 희귀한 것, 이미 고양된 것 그리고 고양되어지는 것, 예술, 종교적인 것이 생성된다. 그 어느 때보다도 음울한 요즘 시기에 이러한 것이 더욱 절실하다. 여기서 사람들은 태양과 음악, 그림과 돌과 책, 언어와 유희 그리고 광대한 풍경이, 마치 명징한 정신 속에서 서로서로 비추고 있는 듯한 체험을 한다. 이런 밝음 속에서 하나의 감각이 아니라 모든 감각이 함께 축제의 나날을 꽉 붙잡고 있다. 그 어떤 이탈리아의 도시가 이 도시처럼 매년 몇 주간이나 이토록 확실하게 사람들을 끌어모을 수 있겠는가. 여기 모인 사람들에게 정신적 대화와, 온갖 형태의 조형 예술 작품에 대한 열정적 향유는 여전히 가장 상승된 존재 형식, 가장 긴장된 동시에 가장 이완된 존재 형식을 의미한다. 만일 이들이 매년 여기저기 그런 축제들에서 서로 만날 수만 있다면, 아마 나라와 나라, 민족과 민족, 예술과 예술을 이어 주는 근본적으로 더 심오한 결합이 생겨나리라. 유연하게 열리고 확장 가능한 계층이, 초국가적 대중이 생길 터다. 이 대중은 희귀함과 완벽함 속에서 마주하기 위해 일과 용무에서, 이제 더 이상 참을 수 없는 일상성과 불가피성에서 탈피하게 되리라. 그런 우호적인 만남 속에서 서로를 풍요롭게 하고 서로에게 가르침을 주며, 정말 기쁨에 가득 차서 예술을 즐길 것이다.

그러나 과거에는 여전히 가능했고 당연했던 것이 오늘날의 수많은 사람들에게는 꿈처럼 먼일이 되어 버렸다! 불행한 시대, 오해 때문에 모든 의미를 파괴하고 가축을 우리로 몰듯이 인간들을 한계로 내모는 시대, 불합리한 시대, 인간은 굶주리는데 쌓아 둔 곡식을 바다에 내다 버리는 시대, 국가와 국가를 연결하기 위해 끊임없이 기술적 가속을 고안해 내면서 동시에 접근을 차단하는 시대, 충만으로 인해 가난해지고, 정말 불행한 확장의 한가운데서 비좁아지는 시대. 그러나 모든 정치적 광란 저편에서, 그런 것에는 아무런 영향도 받지 않은 채 오직 영원을 응시하는 시선은 새하얀 대성당들, 부드럽게 솟아오른 토스카나의 언덕들과 함께 빛나고 있다. 수백 년 전부터 그대로인 걸작들의 보물 창고들이, 응축된 영혼의 기쁨들이 냉담하게 그리고 다채로운 활기를 띤 채, 그러나 지금은 마치 낯선 이국의 열도처럼 그렇게 멀리 있다. 우리와 이웃해 있으며, 우리 마음에는 고향같이 가까운 그곳이. 불행하고 불합리한 시대이지만 한편 괴테의 해,[50] 모든 시인이 가장 잘 화합할 수 있는 해이기도 하다. 괴테의 시절처럼 모든 언어와 조국을 넘어서 인간 대 인간으로 마주할 준비가 되어 있다. 하지만 다이몬이 오늘날 모든 관계의 투명함과 명쾌함을 혼돈에 빠뜨렸다. 쓸데없을 정도로 극소수의 사람들에게만 여기, 피렌체의 축제가, 책과 그림, 음악과 대화가 준비되어 있다. 그리고 이것을 즐기도록 허락받은 바로 그 사람은, 이 같은 행운을 모든 친구들과 공유하지 못하는 데에 창피함을 느낀다.

---

50   독일의 작가이자 철학자, 과학자인 요한 볼프강 폰 괴테는 1749년 8월 28일에
      태어나서 1832년 3월 22일에 사망했다. 이 글이 쓰인 해는 1932년으로, 괴테
      서거 100주년을 의미한다.

1933

잘츠부르크

그저 묘사할 수 있을 뿐인 단어의 도움으로 이미지, 인간, 예술의 감각적 인상을 표현하기란 정말 어려운 일이다. 게다가 허공에 도시처럼 복합적인 형성물의 윤곽을 그리려 한다면 훨씬 더 어렵다는 사실을 나는 잘 알고 있다. 그럼에도 나는 시도하겠다. 왜냐하면 잘츠부르크라는 도시의 이름은 지난 몇 년 동안 매년 여름에 열리는 축제[51] 덕분에 유럽적 위상을 얻었고, 숱한 이들의 입에 오르내리면서 수많은 사람들이 이 도시의 존재에 대해 호기심을 가졌기 때문이다. 그래서 나는 여행과 참석이 불가능한 사람들을 위해서 이 오스트리아의 도시, 위대한 세계 여행자인 훔볼트가 전 세계에서 가장 아름다운 세 도시 중 하나로 꼽은 이 도시의 특징에 관해 피상적인 인상이나마 말로 표현해 보려고 한다.

지상의 모든 종류의 아름다움은 자신만의 특별한 법칙,

---

51 잘츠부르크 축제는 1920년부터 개최되기 시작했으며, 매년 7월 중순부터 8월 말까지 열린다.

유일무이한 법칙을 가졌으므로, 마치 여러 요소가 조화롭게 구성된 명쾌한 방정식과 같다. 따라서 한 도시의 아름다움은 결코 도시 건축에만 근거를 두지 않으며, 항상 자연과의 특별한 결합, 인간적인 창의성과 신이 부여한 바의 성공적인 결합에 근거를 두고 있다. 도시의 아름다움은 그림을 표구하듯, 이름 없는 장인들에 의해 자연 속에 꼭 맞게 자리 잡아야 한다. 이제 도시는 이렇게 완전히 자연 속으로 들어가기 위해 하나의 요소뿐 아니라 모든 요소들, 즉 물, 대지, 공기와 함께 결합될 필요가 있다. 물은 도시의 생동감을 높여 준다. 강으로 견고한 배와 변화를 실어 나르건, 바다로 장엄한 무한을 드리운 채 물이 가진 영원성에 맞서건 상관없이, 하천이나 강, 바다 등 물이 없다면 도시는 완벽하게 아름다울 수 없으리라. 모든 경치에는 움직임이 있어야 한다. 대지도 마찬가지다. 만일 대지가 언덕과 산, 암벽과 경사로 굴곡을 이루어 놓지 않았더라면, 모든 건축가들은 배경과 전망부터 먼저 만들어 냈어야 할 것이다. 완전한 평지, 물도 산도 없는 곳에서는 도시가 절대 아름답게 활짝 피어나지 못한다. 끝으로, 도시가 아름답기 위해서는 그 주변에 공기와 호흡이, 즉 눈길을 줄 수 있는 자유로운 통로, 넓은 장소, 근사한 전경이 있어야 한다. 이것들이 도시의 형태를 완벽하게 하고, 조형적으로 두드러지게 해 준다.

이 같은 요소들의 결합, 즉 대지, 물, 공기의 결합이 바로 이 잘츠부르크 안에서 모범적으로 성취되었다. 남쪽으로는 유럽의 가장 큰 암석 산맥이 불쑥 솟아 있고, 위협적인 경사를 이룬 알프스산이 도시 가까이로 몸을 던진다. 하지만 잘츠부르크 코앞에서, 그렇다, 도시 안쪽에서 웅비하던 암석의 물결이 갑자기 멈춘다. 운터스베르크 산괴, 바츠만 산괴, 필 산괴 등 해발 2000미터의 산들이 높이 탑을 이룬 듯, 마치 바위 벽처럼 지평선을 에워싸고 있다. 그러나 가파르거나 사납게 심연으로 뚝 떨어지지 않고, 몇 개의 뭉긋하고 작은 언덕으로 바뀐다. 이 언덕 중 두 곳, 묀히스베르크와 카푸치너베르크는 도시 안에 자리 잡고 있으며, 초록에 둘러싸여 있다. 경작지도 있고, 사람들이 거주하고 있다. 부드럽게 마무리된 두 번째 물결 뒤쪽에서 평야가 시작된다. 이 평야는 평평한 접시 같고, 북해를 향해 계속 뻗어 나간다. 이 두 가지 풍경은 특별한 매력을 준다. 오른쪽으로는 눈에 덮인 산맥과 암벽 비탈을 마주하고, 왼쪽으로는 무한히 펼쳐진 탁 트인 지평을 바라보게 된다. 그렇게 이 도시는 아주 정확하게 두 가지 삶의 영역, 두 개의 풍토, 즉 산림과 평야 사이에 서 있다. 완전히 북쪽 도시일 수도, 어쩌면 완전히 남쪽 도시일 수도 있다. 차디찬 겨울날 이 도시는 하얗게 변한 산, 차고 맑은 얼음처럼 청명한 공기와 함께 눈부시게 빛난다. 그러면 썰매들이 눈 덮인 하얀 땅 위로 덜그럭거리며 달려가고, 산과 언덕에서는 스키를 타는 사람들이 돌진하듯 내려온다. 그런데 밤새 갑작스레 바람이 뒤바뀌고, 열풍 부는 하늘은 축축하고 온화하게 파래진다. 그러면 잘츠부르크는 남쪽 도시로 변해 이탈리아의 색채를 띠며 집들의 하얀 지붕과 함께 반짝이고, 수풀이 솟아나는 정원 덕분에 온통 숲으로 넘실댄다. 풍요롭고, 따뜻하며 거의 육욕적이라 할 만큼 부드러운 풍경을 보여 준다. 독일적인 도시임에도 그런 순간에는 남쪽에서 온 마지막 광채를 발산한다.

그러나 이 도시는 아름다움의 요소 중 유독 물과 아주 깊이 연관되어 있다. 잘차흐강이 바로 그것이다. 대체로 빠르게,

거품을 일으키며 여러 다리 아래로 흐르는 이 강을 북쪽의 시인 옌스 페테르 야콥센[52]은 자신의 매력적인 단편 중 하나의 버팀목으로 삼았다.(책의 제목은 『두 세계』이다.) 이 강은 작지만 격렬하게 흐르는 알프스의 강으로, 눈이 녹는 시기면 갑작스러운 분노 속에서 거품을 내뿜으며 흐르기도 하고, 광폭하게 다리들을 때려 부수며 수많은 나무들을 전리품으로 쓸어 가기도 한다. 여름에는 대부분 조용하고 느긋하게 흐르지만, 자신의 거친 등에 돛배 하나조차 허용하지 않는다. 하지만 이 강이 잘츠부르크에 생기발랄함을 가져다주는 유일한 요소는 아니다. 멀리 잘츠카머구트 안까지, 그리고 베르히테스가덴까지 사방으로 호수가 연신 이어진다. 평평한 수면으로 산을 에워싼 호수, 초록빛과 파란빛의 호수, 크고 작은 호수, 황량하거나 낭만적인 호수들이 말이다. 마치 허영심 가득한 자연이 자기 매력을 각각의 호수 속에서 달리 바라보고자 수많은 초록빛 거울들을 던져 놓은 것 같다. 아름다움의 또 다른 요소는 공기, 즉 자유로운 공간이다. 잘츠부르크는 사치스럽게 건축되었다. 웅장한 탑들과 궁정들, 교회들은 아예 도전적일 정도로 거대하다. 이곳들 앞의 광장 역시 아주 넓어서 건물들의 높이와 둥근 평지가 완벽하게 효과를 발휘한다. 대부분 다닥다닥 붙어 있는 집들의 혼란한 풍경을 아래에 깔고, 20~30개의 교회 첨탑들이 하늘을 향해 불쑥 솟아 있다. 각각의 탑들은 모두 다른 양식으로 만들어졌다. 가늘고 둥글게 쌓아 올린 탑, 사각형이거나 양파처럼 동그란 탑, 작고 수수한 탑. 이들은 모

---

52   옌스 페테르 야콥센(Jens Peter Jacobsen, 1847~1885). 덴마크의 시인, 소설
     가, 과학자.

자처럼 집들 위에 올라앉아서 망을 보고 있다. 넓고 거대한 탑들은 성 베드로 성당의 궁륭과 대리석으로 된 장엄한 공간을 의도한 것 같다. 그리고 이 모든 수많은 교회에는 종이 달려 있다. 이 모든 종들이 서로 다른 음색으로 밝고 어둡게 울린다. 그래서 이 도시는 제법 긴 시간 동안, 마치 청동 텐트에 뒤덮인 듯하다. 그러나 도시의 묵직한 상징, 호엔잘츠부르크 성이 경이롭고도 늘 색다른 조망 속에서 이 모든 것들 위에 군림하고 있다. 가이스베르크의 봉우리에서 계곡으로 내려오거나, 바이에른의 평야에서 거슬러 올라오는 경우, 높은 곳에서 아래를 내려다보거나 혹은 계곡에서 위를 올려다볼 경우, 모든 측면에서, 동서남북 어디에서건, 가까이에서건 멀리에서건, 항상 제일 먼저 이 돌로 된 배, 호엔잘츠부르크성이 초록색 물결 위로 밀려든다. 로마 시대 이후로 닻을 내린 채, 네모지고 밝은 돌로 이뤄지고 2000년이나 된 3단 노를 지닌 전함, 이 배는 시간을 통과해서 나아가지만, 영원히 동일한 장소에 정박해 있기도 하다.[53] 때로는 눈부시게 돛대와 깃발과 날카로운 뱃머리를 보여 주기도 하고, 때로는 수백 개의 개구부와 창문이 나 있는 옆모습을 보여 주기도 한다. 빛을 발하는 이 배의 주변으로, 마치 초록빛 물결 한가운데의 새하얀 거품처럼 작고 오래된 도시가 쏴쏴 소리를 내며 흐른다.

　도시의 이러한 초상은 아주 유구하고 불변한 채로, 수백 년의 세월 내내 한결같은 이 도시의 특징을 알려 준다. 이 특

53　켈트족의 거주지였던 잘츠부르크는 기원전 15년에 로마의 영토가 되었다. 호엔잘츠부르크성은 1077년 성직자 서임권 투쟁 당시에 게브하르트 대주교가 독일 남부의 황제파와 맞서기 위해 처음 건설했다.

징은 도시 내적으로도 거의 바뀌지 않았고, 오늘날에는 현대적 삶 한가운데에 자리한 중세 도시의 유일한 역사적 초상을 최대한 있는 그대로 유지시키려는 관심을 불러일으키고자 부러 애쓰고 있다. 보통 과거의 것은 성급한 현재의 제물이 되기 마련인데, 반면 이곳에서는 역사적인 것이 충실하게 남아 있기 때문이다. 쉼 없이 다투는 독일 제국 내에서 오직 이 도시만이 거의 유일하게 수백 년 동안 단 한 차례의 전쟁도 겪지 않았고 승리자도 파괴도 없었다. 이런 행운이 따라 준 덕분에 선조와 조상이 만들어 놓은 것이 전통적인 형태 그대로 보존될 수 있었던 것이다. 그리고 이곳에는 더 많은 것, 초기 기독교 시대의 고대 유물들과 — 잘츠부르크는 세계에서 가장 오래된 대주교 교구 중 하나다. — 아주 천천히 축적되어 온 예술의 부가 보존되어 있다. 이 도시의 유서 깊은 부는 도시의 이름이 알려 주듯 잘츠(Salz), 즉 소금에서 왔다. 예전에 유럽 내륙에서 소금은 금처럼 귀했고, 당시 유럽에서 소금이 발견되는 곳은 어디든 가리지 않고 대로와 샛길이 놓였다. 소금길은 세계로 뻗어 갔고, 이 희고 지독한 금을 내주는 대신에 보물을 실어 왔다. 잘차흐강을 따라 뗏목과 마차에 귀한 재료, 영양을 섭취하려면 반드시 필요한 재료가 적재되었고, 상상도 못 할 만큼 오래전부터 줄곧 거래되어 왔다. 이 귀중한 재료를 잘츠부르크와 아주 가까운 장소인 할렌, 할슈타트에서, — '할' 역시 소금을 뜻하는 말이다. — 그곳의 산에서 채굴할 수 있다는 사실을 로마인은 이미 알았다. 그리고 그들의 탁월한 경제 감각은 잘츠부르크가 지리상 매우 유용함을 알아차렸고 이곳을 자신들의 요새, 유바붐[54]으로 만들었다. 오늘날에도 거의 모든 폐허에서 로마 시대의 석재나 꽃병 파편이 발견된다. 그러고 나서는 대주교들이 이 도시의 지배자가 되었다. 온화하고 화려함을 즐기며 정신적으로는 종교의 주인들이었으므로 전쟁을 좋아하지 않았고, 예술이야말로 그들의 취향이었다. 이 당시 도시의 지배자들은 웅장한 교회를 짓고, 넓은 궁전과 멋진 정원, 음악에 맞춰 춤추는 분수들의 율동을 만들어 내는 데에 열정을 보였다. 모든 지배자들은 새로우면서도 이전과 다른 호화로움으로 선임자들을 능가하려고 했다. 그들은 이탈리아의 건축 장인, 이탈리아의 음악가를 불러들였고, 부유한 만큼 아주 화려하게 자신들의 생활 공간을 치장하도록 명했다. 그리고 어떻게든 도시를 전쟁으로부터 보호하려는 그들의 영리한 정책 덕분에 장인들의 작품은 변함없이 보존될 수 있었다. 잘츠부르크 안에서는 지난 오백 년 동안 그리고 그보다 더 오랜 시간 내내 거의 아무런 파괴도 일어나지 않았다. 특히 저녁에 이 도시의 거리와 광장을 활보하다 보면 마치 자신이 15세기 혹은 16세기에 있는 양 완벽하고 철저한 환상에 빠질 수도 있다. 구시가 내부에는 현대식 건물이 단 한 채도 없기 때문이다. 적어도 세세하게나마 예술적 전통을 갖지 않은 건물은 결코 없다고 말할 수 있다. 여기에는 예술적으로 조각된 대리석 문, 또 여기에는 작은 바로크식 안마당, 저기에는 독특한 지붕이 있다. 중세의 고풍스럽고 뛰어난 수공업의 다채로움과 유용한 기술을 보여 주는 수많은 예가 곳곳에 있다.

이 모든 것은 잘츠부르크라는 도시를 신비스럽고 거의 비교 불가능한 이중 세계로 만든다. 아주 오래되고 낡고 작고 몇

---

54   유바붐(Juvavum 혹은 Iuvavum). 잘츠부르크의 로마식 이름.

달 동안은 잠 속에서 아름답게 꿈꾸던 도시가 여름이면 유럽에서 가장 활기차고 가장 문화적인 수도가 되기 때문이다. 그때 국제 호화 기차들은 유럽에서 가장 부유하고, 가장 명성 높고, 가장 유명하며, 가장 호기심 많은 사람들을 잘츠부르크 축제로 실어 온다. 잘츠부르크는 두 달 동안 지휘자이자 작곡가인 리하르트 슈트라우스와 브루노 발터, 연출가이자 배우인 막스 라인하르트의 왕홀 아래서 명실상부한 음악, 연극, 문학의 수도가 된다. 카페, 축제 극장으로 모여든 사람들은 오늘날 유럽에서 예술가라 불리는 거의 모든 이들, 음악가, 배우, 시인, 영화인 등 보통 삽화가 그려진 신문에서나 볼 수 있을 법한 이들을 빠짐없이 만나 볼 수 있다. 고급 자동차들은 엄선된 관광객들을 실어 나른다. 그러나 오십 걸음 떨어진 곳에는 고요한 교회 묘지가, 오백 년 전부터 손대지 않은 그대로의 중세, 깊이 잠든 중세가 놓여 있다. 사람들은 이 사실을 모른 채 시골에서 도시로, 도시에서 시골로 들어간다. 유서 깊은 성 주변을 에워싼 초원 한가운데서 가로수 길들이 시작되고, 갑자기 번화한 거리가 나타나고, 이제 거리의 나무들은 돌벽으로 경직된다. 그리고 다른 한편에서, 도시 한가운데 자리한 궁정들 안에서 아무도 모르는 넓은 정원들이 꽃을 피운다. 위에서 아래로, 즉 산과 언덕에서부터 계곡 아래로 고급 저택과 작은 성들이 통로처럼 죽 이어진다. 모든 곳에서 형식과 시간은 엄격하게 분리되지 않는다. 풍경은 부드럽게 도시 안으로 들어오고, 도시는 널찍하게 야외로 퍼져 간다. 옛것이 새로운 것의 한 부분이 되고, 대도시적인 것이 낡은 것의 한 부분이 되며, 북쪽과 남쪽이, 산과 계곡이 이 도시에서는 서로 화해한다. 시인 프란츠 카를 긴츠카이[55]는 이를 다음과 같이 멋지게 표현했다. "보통 산악 도시는 가까운 산맥들 옆에서 위협적인 압박을 받지만, 잘츠부르크는 기이할 정도로 편안하고 자유로운 분위기의 산악 도시다. 이곳에서는 모든 것이 멀리 빛을 발하는 것, 밝고 쾌활한 느낌을 주는 것 속으로 이동하는 것 같다."

이러한 조화로운 변화의 예술이야말로 이 도시의 경이로움이며, 동시에 탁월한 음악성이다. 몇 안 되는 희귀한 도시들처럼 잘츠부르크는 돌과 분위기 안에서 소리를 울리고 부드럽게 자아낼 줄 안다. 돌과 분위기, 이 둘은 실제로 명백히 모순된다. 이런 비밀, 불협화음을 조화로 만드는 비결을 이 도시는 음악에서 배웠다. 이 도시가 얼마나 전례 없이 음악적으로 생기를 일깨우며 살아 움직이는지 재삼 확인하기 위해, 굳이 모차르트의 생가를 먼저 지목할 필요는 없으리라. 그리고 모든 음악가 중에서 가장 밝고 경쾌하며 활기차고, 누구나 사랑하는 모차르트가 여기서 태어났음은 정말 우연이 아니다. 편안한 공기, 우아한 유원지들, 주교들이 세운 건물들의 다채로운 바로크 양식, 풍경이 보여 주는 영원한 웅대함, 모차르트는 이런 것들을 불멸의 조화로 고양시켰다. 어떻게 그렇게 했을까. 이는 누구든 모방할 수 없는 모차르트의 비밀이며, 이 도시의 비밀이기도 하다. 그것은 이 도시 안에서 어떻게 창조적 현상이 되었을까. 이는 물론 예술 작품의 탄생만큼이나 설명하기 어렵다. 대체 누가 — 가장 둔한 귀도 들을 수 있는 — 이 특별한 예술적 공명을 이 도시에 부여했는지 질문해 봐도 별 의미가 없다. 우리는 개별적인 요소들을 칭찬할 수 있

---

55   프란츠 카를 긴츠카이(Franz Karl Ginzkey, 1871~1963). 오스트리아의 시인,
      작가. 오스트리아-헝가리 제국의 장교로 복무했다.

지만, 다음과 같이 논쟁할 수도 있을 것이다. 즉 이 도시에 그런 힘을 부여한 것은 대주교들, 이곳 알프스 북쪽에 새로운 로마를 건설하려 했던 부유하고 예술을 좋아하며 전문적 소양이 있는 그들이었을까, 아니면 풍경의 마력이었을까, 혹은 이탈리아의 건축 장인, 아니면 당대의 특별한 상황이었을까 하고 말이다. 마력은 여전히 설명 불가능하다. 음악의 정령은 많은 사람들의 머리 위를 떠돌듯 지상의 많은 도시들을 떠돌지만 이 도시만이 돌로 된 악기처럼 완성되어, 눈길과 감정에 특별한 진동을 가져다준다. 잘츠부르크, 고위 성직자들의 도시, 장벽이라는 허리띠로 서로 꽉 조여져야만 하는 대다수의 독일 도시와는 달리 단 한 번도 방어와 전쟁을 위해 건설되지 않았던 곳. 이 도시는 영혼의 음악과 인생의 선율을 위해 언제나 밝은 삶의 공간을 가졌고, 언제나 노래할 수 있었으며, 완벽하게 그 진동을 끝까지 이어 갈 수 있었다. 축제 같고 쾌활한 삶의 시간을 칭송하는 악기와 같은 도시다. 이 장소들은 사교와 축제 행렬을 위해 조성되었고, 사람들 역시 이를 느낀다. 성들은 요새가 아니라, 쾌활함과 놀이를 위한 유원지로 지어졌다. 아치형 공간의 교회들은 오르간과 찬송으로 천장을 울리며 신을 찬양하기 위해 건설되었다. 언급한 바와 같이 애초부터 호사를 좋아하고 예술을 사랑하는 지배자에 의해 축복받은 이 도시는 축제, 유희의 즐거움을 부여받았다. 이 도시 시민 중의 한 사람, 바로 이 도시의 영원한 아들 모차르트가 도시를 이루는 돌과 선으로부터 이러한 즐거움을 끄집어냈고, 정신과 음악 속에서 드높였다. 다른 요소로 구성되어 있던 이 도시의 형태는 마침내 모차르트 안에서 영원성을 획득했다. 그러나 근원적 형태의 세속 안에는 아직도 오래된 악기가 남아 있어서, 항상 다시 연주할 준비를 하고 있다. 축제 기념극과 여름휴가의 기쁨을 위한 틀, 우리는 이보다 더 자연적이고 더 웅대한 틀을 생각할 수 없을 터다. 왜냐하면 여기서는 특수한 분위기와 연극적 환영을 불러일으키기 위해 억지스러운 연극 무대에서처럼 판지와 아마포로 된 배경 장치들을 인위적으로 끼워 넣을 필요가 없기 때문이다. 마치 연극 「예더만」에서처럼 — 혹은 올해의 「파우스트」 공연에서처럼 — 여기서는 평상시의 골목과 궁정, 교회와 경치들 자체가 비할 데 없는 무대 장치이고, 작품을 함께 만들어 내는 분위기가 된다. 우리 시대의 가장 위대한 예술가들, 최고의 예술가들이 자신들의 먼지 냄새 나고 판자로 된 무대 공간보다 여기에서 더 활기찬 기분을 느낀다는 사실은 전혀 놀랍지 않다. 위대한 가수들이 다른 곳에서보다 이곳에서 훨씬 더 사랑스럽고 터질 듯 충만한 목소리를 내는 것, 축제 연극에서 가끔 모든 것이 정말 마술적으로 공명하는 것도 이상한 일이 아니다. 여기서 음악과 축제 연극이 시작되면 낯설고 새로운 것이 도시 분위기에 억지로 접목되지 않고, 그 대신 돌에 새겨진 축제 행사의 정신이 비로소 채워지며, 이 도시 성벽들에 얼어붙어 있던 음악도 그제야 소리가 되어 울려 퍼진다. 이 도시는 그러한 매력 속에서 감동을 일깨울 줄 알기 때문이다. 하늘과 경치와 당대의 선별된 예술가들이 가장 뛰어난 작품, 즉 베토벤의 「피델리오」 혹은 모차르트의 「마술피리」나 글루크의 「오르페우스와 에우리디케」와 같은 오페라 작품 속에서 협력하는 그런 드문 순간에, 사람들은 가끔 이 토막 난 세계, 분열된 시대 안에서 축제의 순수하고 충만한 비약, 은총을 경험한다. 이런 기적은 자연과 예술이, 예술과 자연이 마치 입맞춤처럼 서로 가닿을 때면 늘 발생한다. 그리고 그 순간에 천년의 역사를 가진 오스트리아의 이 작은 도시가 자신의 고향뿐 아니라 커다란 온 세상을 위해 위대한 임무를 수행한다. 이 도시는 정말로 기품이 있다, 볼프강 아마데우스 모차르트의 도시라고 불리는 이 도시는.

수많은 운명의 집
'피난처' 설립 오십 주년을 맞이해 런던에서 쓰다

당신이 오늘 이 나라에서 저 나라로, 배로 혹은 기차로 여행을 갈 때, 당신에게 여유가 있을 때, 그리고 예술을 둘러볼 시간도 있을 때, 그렇다면 당신은 국경에 가까워지는 순간 얼마나 많은 여행객들의 태도가 갑자기 변하는지 늘 의아하게 여길 것이다. 그들은 불안해한다, 더 이상 가만 앉아 있지를 못한다, 잔뜩 긴장한 얼굴로 이리저리 서성거린다. 불안이 그들을 엄습한다, 불가사의한 불안이. 그들에게서 이 변화를 금방 알아볼 수 있다. 한 시간 더 가면, 반 시간 더 가면 낯섦이 시작되고, 마침내 커다란 불확실성이 드러나기 때문이다. 모든 익숙한 것에서 벗어났으니까. 풍습이 다르고, 법이 다르고, 언어가 다른 저곳에서 기다리고 있는 불안은 이제 그들 온 존재를 벌써 사로잡는다. 사람들의 걱정이 육체적으로 나타나는 모습을 볼 수 있다. 왜냐하면 그들이 계속 떨리는 손가락으로 여권, 약간의 돈과 증명 서류가 든 양복 안쪽의 주머니를 더듬기 때문이다. 그 사람들은 집에서 모든 게 제대로 준비되었다고 스스로를 안심시켰다. 그들은 세관과 수수료에 관한 모든 비용을 다 지불했다. 하지만, 하지만 그게 제대로 인정받을 수 있을까? 마지막 순간, 낯선 나라로 들어서는 관문에 빗장이 걸리지는 않을까? 국경에 가까워질수록, 이들은 점점 더 안절부절못하고 이리저리 서성댄다. 그리고 만일 당신이 동정심에 사로잡혀서 그들을 쳐다본다면, 그들은 부끄러워하며 뒤를 돌아보리라. 그들은 당신에게 묻고, 당신과 말을 하고, 겨우 진정한 뒤에 자신의 불안함 속에서 위안을 받는다. 이제 눈앞에 열린 이 외국에서 친구를, 조력자를 얻고자 한다는 사실을 당신도 느낄 수 있다. 그러나 동시에 그들에게서 의심받기도 한다. 주변 사람들이 그들에게, 돌연 가까이 다가와서 가난한 사람 중에서도 제일 가난한 사람을 등치려는 낯선 이를 조심하라고 경고했기 때문이다. 그래서 이들은 피고인이 재판관 앞으로 나아가듯 국경 관리 공무원 앞으로 향해야 하는 그 순간이 될 때까지, 다시 수줍고 두려운 듯 머리를 숙인다.

이 같은 많은 사람들이 오늘날에도 여행 중이며, 그들 가운데 유대인도 많다. 왜냐하면 또다시 거대한 폭풍이 전 세계에 휘몰아치며, 수천 년 된 나무줄기에서 잎을 잡아 뜯은 뒤 소용돌이치는 거리 땅바닥으로 내동댕이쳤기 때문이다. 다시금 그들의 아버지와 조상들처럼 수많은 유대인이 평화롭게 살던 나라와 집을 떠나야만 한다. 그리고 어딘가에서 — 과연 어디일지 그들 대부분도 알지 못한다. — 새로운 고향을 찾는다. 이방인으로서 인정받는 일이 차츰 어려워지기는 했어도, 오늘날처럼 어려웠던 적은 없다. 모든 나라들이 적개심과 질투에 휩싸여서 서로서로에게 문을 닫아 버렸기 때문이다. 그 어느 때보다도 인간 사이에 불신이 난무하며, 따라서 고향 없는 사람은 언젠가 한 민족이 겪었던 고난보다 더 힘든 일을 겪으리라.

그러니 그들을, 고향 없는 자들을 잘 살펴보라, 그대 행복한 자여. 당신은 당신의 집이 어디에 있는지 그리고 고향이 어디에 있는지 잘 알고 있다. 당신은 여행에서 돌아오며 당신의 방이, 당신의 침대가 잘 준비되어 있음을 보고, 당신이 좋아하는 책이, 당신에게 익숙한 집기들이 당신을 에워싸고 있음을 발견한다. 그들, 쫓겨난 그들을 잘 살펴보라, 그대 행복한 자여. 당신은 스스로 무엇으로 살며 누구를 위해 사는지 알고 있다. 따라서 자신이 단지 우연을 통해 다른 사람들보다 얼마나 큰 특권을 누리고 있는지 겸손하게 깨닫게 된다. 그들을 잘 살펴보라, 저기 배 가장자리로 내몰린 사람들을. 그리고 그들에게 다가가고 그들에게 말하라. 당신이 그들에게 다가가는 것만으로도 이미 위안이 되기 때문이다. 당신이 그들에게 그들의 언어로 말을 거는 동안, 그들은 저도 모르게 떠나온 고향의 숨결을 들이마시게 된다. 그들의 눈이 밝아지고, 유창하게 말하게 되리라. 그들에게 물어보라, 어디로 가는지! 그러면 그들의 얼굴은 어두워진다. 그들은 남아메리카로 이주한다. 그곳에 친척이 있다고 한다. 그들이 그곳에서 거주지를 찾게 될까? 그곳에서 일을 할 수 있을까? 새로운 삶을 이룰 수 있을까? 그리고 또 물어보라. 런던에 얼마나 오래 묵을지. 아, 다음 배가 올 때까지 단 사흘만. 그들이 낯선 언어로 말할 수 있을까? 아니다. 그들은 그곳에서 도움을 얻을 수 있을까? 아니다. 숙박할 돈은 충분할까? 아니다. 그럼 사흘 밤낮을 연명하려면 대체 무엇을 해야 하는가? 그러나 저기 그들은 자신감 있고 확신에 찬 미소를 짓는다. "그건 마련되어 있죠. 우리는 피란처로 가요."

피란처? 나는 런던에 꽤 오래 있었지만 그게 무엇인지 모른다. 그 집에 대해, 그 기관에 대해 아무도 내게 말해 주지 않았다. 하지만 놀랍게도 먼 도시, 아주 먼 도시에서 온 모든 유대인들은 알고 있다. 폴란드, 우크라이나, 라트비아, 불가리아, 유럽의 끄트머리에서 다른 끄트머리에 이르는 모든 가난한 유대인들은 런던의 피란처를 알고 있다. 하나의 별이 서로에 대해 아무것도 모르는 수많은 인간들 눈에 비치듯, 이 장소의 이름은 그들에게 위안의 공동체다. 유대인 세계의 한쪽 끝에서 다른 쪽 끝까지, 이 사가(saga)[56]는 입에서 입으로 전해진다, 런던에 있는 피란처의 사가가. 런던 어딘가에 집이 있다. 떠도는 유대인들의 — 얼마나 많은 사람들이 언제까지 떠돌아야만 하는가! — 피곤한 육체에 휴식을 주고, 영혼에는 위안을 주는 집, 그들에게 며칠간 휴식을 제공하고 타국에서 타국으로 가는 그들의 여정을 도와주는 그런 집이. 그토록 자주 런던에 머물렀던 내가, 배에 탄 모든 유대인 중 그런 경험을 해 본 유일한 사람인 내가 이런 집에 대해 몰랐던 것이다. 나는 아주 부끄러웠다, 우리들의 삶이었으므로. 우리는 지구상에서 발생하는 모든 나쁜 일들을 경험한다. 매일 아침 신문은 전쟁과 살인, 범죄를 우리 얼굴에 대고 외친다. 정치의 광기가 우리 머릿속에 차고 넘친다. 하지만 좋은 것, 조용하게 일어나는 좋은 것에 대해서는 거의 알지 못한다. 지금 같은 시대에는 알 필요가 있다. 왜냐하면 모든 도덕적 성과는 그 예를

---

56   본래 아이슬란드를 중심으로 12세기에서 14세기에 걸쳐 성행한 고대 게르만 전설 문학을 의미한다. 또는 한 사회나 한 인물의 역사적, 전기적 산문을 가리키기도 한다.

통해 우리 내면에 진정으로 가치 있는 힘을 불러일으키며, 모든 인간은 선에 대해 진심으로 감탄할 때에만 향상되기 때문이다.

그래서 나는 이 피란처를 보러 갔다. 그곳은 이스트엔드의 초라한 골목에 있는 집이다. 모든 고난은 여전히 이 집으로 가는 길을 찾아냈다. 목적에 맞게 설비되어 있고, 사치는 배제되었지만 정말 깨끗했다. 이 집은 늘 문을 열어 놓고 떠도는 사람들, 이민자, 여기서 휴식을 취하고자 하는 사람을 기다린다. 이곳을 찾은 사람 앞에는 침대가 준비되어 있고, 식탁이 차려져 있고, 그 밖에 다른 것도 있다. 즉, 그는 낯선 땅 한가운데서 조언과 도움을 얻을 수 있는 것이다. 그를 몰아대는 불안, 드디어 그는 이 불안을 친절한 조력자들 앞에서 아무 걱정 없이 이제 털어놓을 수 있다. 사람들은 그를 위해 생각하고 글을 써 주고, 적어도 그의 앞에 놓인 고난 중 일부분을 그를 위해 보듬어 주려고 노력한다. 마치 쌀쌀한 안개구름처럼 수많은 사람들의 삶을 가득 채우고 있는 어마어마한 불확실함 한가운데서 그는 단 며칠 동안뿐일지라도 인간의 온기와 빛을 느낀다. 그리고 — 그의 모든 절망 속에서 진정한 위안이라 할 수 있는데 — 그는 낯선 땅에서 고독하지 않고 버려지지 않았으며, 자신의 민족 그리고 인간성의 고상한 공동체와 연결되어 있음을 깨닫고 느낀다.

물론 아무에게도 오랜 휴식은 허락되지 않는다. 오늘날 유대인의 불행은 마치 끊임없이 흐르는 강물처럼 전 세계를 휩쓸고 있기 때문이다. 그의 추방과는 또 다른 추방이 아침이면 그의 침대에 깃들고, 다른 추방 역시 식탁에서 자리 잡고 앉아 있다. 이 피란처가 생긴 뒤로 지난 오십 년 동안 여기에 수많은 사람들이 머물렀고, 기운을 얻었으며, 감사한 마음을 품은 채 길을 떠났다. 그 어떤 시인도 이 수많은 운명의 다양성, 비극을 묘사할 만큼 충분한 독창성을 가지지 못했다. 세상에서, 독일에서든 폴란드에서든 스페인에서든 불행의 새로운 물결이 높아지는 곳에서라면 어디든 이 물결은 파괴되고 붕괴된 존재들을 — 행복한 자, 부유한 자, 걱정 없는 자는 알지 못하는 — 이 집으로 띄워 보낸다. 영광스럽게도 지금까지 이런 밀려듦을 잘 버텨 냈다. 이 집의 보호자는 경탄할 만큼 헌신하면서 조력의 의무를 다했으니까. 만일 그들이 인류의 비참함, 유대인의 비참함으로 무한히 넘실대는 바다에서 단 한 방울이라도 덜어 냈다면, 이미 그들은 많은 것을 이룬 것이다. 즉, 불행한 자를 그저 단 하루뿐일지라도 행복하게 해 주었고, 집 없는 사람에게 그저 몇 시간뿐일지라도 고향에 있는 기분을 선사해 주었고, 자신감을 완전히 상실한 사람에게 새로운 자신감을 심어 준 것이다! 그러니 이 집, 쫓겨난 자들에게, 고향을 잃은 자들에게 봉사하는 이 집은 얼마나 놀라운가! 이 알려지지 않고, 어디에도 비할 수 없는 인간 연대의 기념비를 만들어 내고 유지한 모든 이들에게 감사할 따름이다!

1940

전쟁 중의 정원들

깨어 있는 감각을 가진 채 2차 세계 대전을 함께할 수 있는 음산한 특권을 가진 유럽의 많은 사람들 중, 다른 최전방에서 이 전쟁의 모든 것을 살필 수 있는 특별한 운명이 내게 주어졌다. 나는 1차 세계 대전은 독일과 오스트리아에서, 2차 세계 대전은 영국에서 목격했다. 따라서 나는 본의 아니게 두 전쟁의 상황뿐 아니라 전쟁 속의 두 민족을 비교하며 관찰하게 되었다.

나는 이미 첫날 거대한 차이를 발견했다. 1914년 빈에서의 전쟁 발표는 무아지경, 엑스터시였다. 사람들은 그저 책을 통해서만 전쟁을 알고 있을 뿐이었고, 이 문명화된 시대에 전쟁이란 더 이상 가능하지 않다고 생각했다. 그런데 갑자기 전쟁이 발발했고, 그것이 얼마나 끔찍하고, 얼마나 잔혹해질지 몰랐으므로, 느닷없이 자극받은 환상은 낭만적인 모험처럼 전쟁에 대해 유치한 호기심을 불러일으켰다. 엄청난 대중이 집에서, 회사에서 거리로 물밀듯 밀려 나왔고, 도취된 행렬을 이뤘다. 갑자기 깃발들이 등장했다. 대체 어디서 났는지 아무도 몰랐다. 그리고 음악이 들렸다. 사람들은 합창을 했고, 이유도 제대로 모른 채 환호하며 환성을 질러 댔다. 젊은이들은 입대 신청을 하려고 관청 앞에 모여들었다. 그들은 너무 늦게 소환되어 위대한 모험을 놓치지나 않을까, 하는 걱정뿐이었다. 그리고 무엇보다도 저마다 얘기할 필요를, 모두를 흥분시키는 그것에 대해 말해야 할 필요를 느꼈다. 모르는 사람들이 서로 말을 걸었다. 또한 모든 사람들이, 가령 관공서 안에서는 임무를 잊었고, 사업장 안에서는 사업을 잊었으며, 끊임없이 집에서 집으로 전화를 걸었다. 내적 긴장을 말로 폭발시키기 위해서였다. 빈의 레스토랑과 카페는 한 주 내내 한밤중까지 토론하고, 격앙되고, 불안해하며 항상 수다를 떠는 사람들로 붐볐다. 개개인 모두가 전략가, 국가 경제학자, 예언자였다.

이것이 1914년 빈의 이미지, 결코 잊을 수 없는 이미지로 내게 남아 있다. 그 후 1939년 영국의 이미지, 이 또한 잊을 수 없는 대조를 이룬다. 1939년 전쟁은 갑작스레 일어난 의외의 사건이 아니라, 단지 실제가 되어 버린 두려움이었다. 히틀러가 집권한 이후 모든 나라에서 전쟁이 다가오고 있음을 알 수 있었다, 가까이 더 가까이. 사람들은 이 전쟁을 되도록 멀리 떼어 놓기 위해 할 수 있는 모든 일을 했다. 왜냐하면 전쟁이 얼마나 끔찍한지 벌써 알았기 때문이다. 사람들은 경험을 통해, 관찰을 통해 전쟁이 낭만적인 상상의 동물이 아니라 모든 악마의 기술로 무장한 거대한 기계임을, 오래 회전하는 동안 매일 어마어마한 양의 인간과 돈을 소모하는 기계라는 사실을 깨달은 것이다. 어떤 환상도 갖지 않았다. 아무도 환호하지 않았고, 오직 모두가 놀랐다. 모두 자신의 나라에, 세계에 이제 어둠의 시기가 다가오고 있음을 알았다. 사람들은 전쟁을 받아들였다. 어쩔 수 없이 받아들여야만 했기 때문이다.

　1939년은 그랬다. 나는 이 상황을 알았고, 이런 냉정한 태도를 정말이지 당연하게 여겼음에도, 영국의 사태는 내게 놀라움 그 자체였다. 나는 전쟁 이전보다 전쟁을 겪으면서 이 민족에 대해 더 많이 알게 되었다. 첫 번째 경험은 전쟁 첫날이었다. 나는 우연히 어떤 관공서에서 볼일을 봐야 했고, 공무원이 내 서류를 작성하고 있었다. 그때 문이 열리고 다른 공무원이 들어서더니 이렇게 말했다. "독일이 폴란드를 침공했어. 전쟁이야. 나는 당장 떠나야만 해." 그는 이 말을 아주 침착하게, 마치 사소한 공적 보고처럼 말했다. 내가 심장의 침묵과 (왜 내가 부끄러웠을까?) 손가락의 떨림을 느끼는 동안, 내 앞의 공무원은 침착하게 내 서류를 끝까지 작성한 뒤 가볍고 호의적인 영국식 미소를 띠며 내게 건네주었다. 그가 다른 공무원의 말을 이해하지 못한 걸까? 아니면 믿지 않는 것일까? 어쨌든 나는 거리로 나섰다. 거리는 완전히 고요했고, 사람들은 더 빠르지도, 더 흥분하지도 않은 채 지나다녔다. 전쟁이 일어났음을 아직 모르나 보다, 나는 다시 이렇게 생각했다. 그게 아니라면 저토록 침착하고 태연하게 각자 자신의 일을 규칙적으로 행할 수는 없으리라고 생각했다. 하지만 벌써 신문들이 하얗게 펄럭거리며 배달되었다. 사람들은 그것을 사서 읽으며 계속 걸어갔다. 흥분한 무리는 하나도 없었고, 상점들 안을 들여다봐도 불안 탓에 우두커니 서 있거나 하지도 않았다. 그런 상태가 한 주 내내 지속되었고, 각자 조용히, 태연하게 자기 일을 하며 보냈다. 눈에 띄게 흥분한 사람은 아무도 없었고, 모두 침착하고 단호했으며 말을 아꼈다. 등화관제와 같이 겉으로 드러나 보이는 움직임이나 영국에서는 그리 익숙하지 않은 제복 무리들이 오가지 않았더라면, 사람들의 단순한 행태만으로는 지금 이 나라가 역사적으로 가장 힘들고 결정적인 전쟁 중에 있다는 사실을 전혀 짐작할 수 없었을 터다.

다른 모든 나라에서는 흥분, 열정, 불안이 거침없이 밀려들던 바로 그 순간에 영국인이 보여 준 이런 확고한 평정심은 영국인이 아닌 우리에게는 그들의 특성 중 가장 불가사의하게 느껴지는 점이리라. 사람들은 자주 이 같은 억누름을 심리학적으로, 즉 타고난 신경의 긴장이나 정서 혹은 적어도 눈에 띄는 감정 표현을 감추도록 아이들을 길들여 온 영국의 교육 체계를 통해 설명하려고 했다. 하지만 나는 사람들이 보다 중요한 요소를 간과했다고 생각한다. 그 위대한 침착함을 통해 모든 인간에게 은밀히 전파되는 자연과의 유대를 과소평가한 것이다. 인간은 지속적으로 자연과 대화를 나누며 산다. 대부분의 사람들처럼, 나는 오랫동안 영국인이 사랑하고 애호하는 것은 집이라고 여겼다. 그러나 그들이 실제로 사랑하는 것은 정원이었다. 최근 누군가의 통계에 따르면, 이 나라에는 350만 개의 정원이 있다고 한다. 거의 모든 주택에, 심지어 오두막 같은 집에도 정원이 있으며, 런던의 아파트 같은 곳에서 사는 대도시 시민들 중 많은 이들이 주말 주택을 소유하고 있다. 대도시의 영국인들은 일주일 내내 정원과 꽃을 그리워하며 지낸다. 그렇게 영국인들, 정말 낭만이라곤 하나도 없다고 하는 영국인들 중 수백만 명이 주말에 혹은 본업을 마친 뒤에 자신들의 정원이나 작은 꽃밭에서 소임을 다한다. 저녁이나 아침에 노동자, 공무원, 총리, 사무원과 성직자 등 누구든 정원용 도구를 손에 들고 땅을 파거나 덤불을 자르거나 꽃을 가꾼다. 이렇게 날마다 되풀이하는 '가드닝' 작업, 스포츠도 아니고 일도 아니고 운동도 아닌, 이 모든 것의 교차점에서 서로 뒤얽힌 일을 하면서 모든 영국인들은 한마음이 되고, 모든 사회 계층 역시 한데 연결되며, 가난과 부유함 사이의 거리마저 해소된다. 정원사를 여럿 둔 백작이나 공작도 자기 정원에 직접적으로 연결되어 있다. 그들과 정원의 관계는 기관사가 작은 집 뒤에 빈약한 녹지 몇 평과 맺는 관계와 다르지 않다. 이렇게 매일 꽃, 나무, 과일, 영원하며 자연적인 것과 함께하는 한 시간 혹은 삼십 분, 사건이나 업무로부터 완전히 벗어나는 이런 한 시간 혹은 삼십 분은, 긴장을 이완해 주는 그 고유한 능력을 통해 영국인의 평정심에 영향을 끼치는 듯 보인다. 이러한 평정심은 우리로서는 이해할 수 없으며, 도달할 수도 없는 것이다. 변화무쌍하고 파괴될 수 있는 세상의 한가운데서, 매일 영국인들은 한 가지를 염두에 두고 있다. 전쟁의 광기와 정치의 어리석음은 우리 지구의 근본적인 것, 즉 자연의 아름다움을 절대 건드릴 수 없다는 사실 말이다. 그들은 하루를 시작하거나 끝마칠 때, 정원과의 관계를 통해 의연함을 얻고 안정을 경험한다. 이 의연함과 안정은 수백만 명의 인간에게 축적되어, 국가 전체의 특성이 되었다. 이 헤아릴 수 없이 많은 작고 소박한 정원들, 제일 가난한 집에조차 몇 그루의 관목, 꽃밭, 유용한 텃밭과 함께 딸려 있는 이 정원들, 이것들이야말로 이 민족으로 하여금 신경질, 불확실함, 시끄러운 수다를 극복하게 해 주는 훌륭한 진정제다. 영국인이 아닌 우리로서는 거의 이해할 수 없는 개개인의 끊임없는 침착함과 태연함, 그리고 전 국가의 잠재력이 바로 이 정원에서 원기를 회복한다. 따라서 정원들은 정신적 끈기의 위대한 광경을, 자연과 거의 유사한 위대한 광경을 우리에게 제공한다.

1946

과거의 빈[57]

여러분에게 과거의 빈에 대해 이야기를 하지만은, 이것이 추도사가 되어서는 안 될 터다. 우리는 마음속에 아직 빈을 묻지 않았다. 일시적 종속이 완벽한 복종과 동일한 의미라고 믿지 않겠다. 여러분이 지금 전선에 있는 형제들, 친구들에 대해 생각하는 것처럼, 나는 빈에 대해 생각한다. 여러분은 이들과 함께 유년기를 보냈고, 함께 수년을 살았으며, 함께 행복한 시간을 보냈음에 감사해하리라. 그런데 지금 이들은 멀리 떨어져 있고, 여러분은 이들이 위험에 처해 있음을 알고 있다. 도와줄 수도 없고, 위험을 같이 나눌 수도 없다. 강요되어 멀리 떨어져 있는 바로 이런 시간 속에서도 우리 대부분은 가장 가까운 것과 연결되어 있다는 기분을 느낀다. 이렇게 나는 여러분에게 빈에 대해, 나의 고향 도시, 우리 유럽 문화의 수도 중 하나에 대해 말하고자 한다.

여러분은 학교에서 빈이 예전부터 오스트리아의 수도였

---

57   슈테판 츠바이크 사후에 출판되었다.

음을 배웠다. 맞는 말이지만, 사실 도시 빈은 오스트리아보다 오래되었고, 합스부르크 왕가보다도, 이전의 제국과 오늘날의 독일 제국보다도 오래되었다. 누구나 인정하는 도시 건설자이자, 지형적 위치에 대해 놀라운 판단력을 지녔던 로마인들이 현재 빈의 자리에 군사 기지 빈도보나를 세웠을 때, 오스트리아라고 부를 만한 것은 아직 존재하지 않았다. 타키투스나 다른 로마 역사가들은 오스트리아의 종족에 대해 아무것도 기술하지 않았다. 로마인들은 그저 야만족들의 로마 제국 침략을 저지하기 위해 도나우강가의 가장 적절한 자리에 카스트룸, 즉 군사용 취락 지역을 세웠을 따름이다. 이때부터 빈에게 역사적 임무, 당시 상위 문화였던 라틴 문화의 수호라는 임무가 부여되었다. 아직 문명화되지 않았고, 사실 아무에게도 속하지 않았던 땅 한가운데에 로마의 기초 벽이 세워졌고, 훗날 그 위에 합스부르크의 왕궁이 세워졌다. 도나우강 유역 사방에서 독일과 슬라브족이 여전히 미개한 유목민으로 몰려들던 시기에, 현명한 황제 마르크스 아우렐리우스는 우리 빈에서 불멸의 『명상록』을, 라틴 철학의 걸작을 썼다.

빈 최초의 문학적 원전, 최초의 문화적 문서는 거의 1800년 정도 되었다. 이 문서는 독일어를 사용하는 모든 도시들 중에서 빈이 정신적으로 가장 높은 서열에 자리한다는 품격을 부여했고, 800년 동안 빈은 자신의 임무, 한 도시를 충만하게 했던 최고의 임무에 충실했다. 그것은 바로 문화를 창조하고 그 문화를 지키는 임무였다. 빈은 로마 제국이 멸망할 때까지 라틴 문명의 전초로서 잘 버텨 냈다. 그래서 이후 로마 가톨릭교회의 요새로 다시 소생했다. 또 이곳은 종교 개혁이 유럽의 정신적 통일을 산산이 흩어 놓았을 때, 반종교 개혁의 중심지였다. 빈의 성벽 앞에서 오스만의 침공은 두 차례나 수포로 돌아갔다. 그리고 우리 시대에 또다시, 이전보다 더 강력하고 위압적인 형태로 잔혹성이 대두하자, 빈과 소(小)오스트리아는 필사적으로 유럽주의에 매달리며 버텼다. 오 년 동안 온 힘을 다해 스스로의 위상을 고수했다. 그러나 결정적인 순간에 이 도시가 버림받자, 황제의 도시, 우리의 옛 오스트리아 문화의 '카피탈레', 즉 수도는 독일의 지방 도시로 전락하며 품위를 잃었다. 비록 독일어를 사용하는 도시이기는 하지만, 빈은 단 한 번도 독일 민족의 도시 혹은 수도였던 적이 없었다. 빈은 독일 국경들을 넘어 동쪽과 서쪽, 남쪽과 북쪽으로 뻗어 있는, 위로는 벨기에 그리고 남쪽으로는 베네치아와 피렌체, 보헤미아와 헝가리와 발칸반도의 절반까지를 아우르는 세계 제국의 수도였다. 그 위대함과 역사는 절대 독일 민족 및 그 민족의 국경과 결부되지 않았고, 합스부르크 가문, 유럽에서 가장 강대한 왕조와 결합되었다. 게다가 이 도시의 위대함과 아름다움은 합스부르크 제국을 넘어서 점점 더 확장되어 갔다. 당시 중요하지 않았던 뮌헨이나 베를린에서부터가 아니라 합스부르크 궁정에서부터, 이 왕조의 심장에서부터 수백 년 동안 역사가 결정되었다. 언제나 유럽의 통합이라는 옛꿈이 이 도시에서 다시 부풀어 오르고는 했다. 초민족적 제국, '신성 로마 제국'이 합스부르크 사람들의 눈앞에 아른거렸다. 이 제국은 게르만의 세계 지배와 같은 것이 아니었다. 이곳의 모든 황제는 세계주의적으로 사유했고 계획했고 말했다. 그들은 스페인에서 예절을 가져왔고, 예술을 통해 이탈리아와 프랑스, 그리고 결혼을 통해 온 유럽 국가와 하나로 연결되어 있음을 느꼈다. 이백 년 동안 오스트리아의 궁정에서는 독일어보다 스페인어, 이탈리아어, 프랑스어가 더 많이 사용되었다. 황제의 집 주변에 모여 있던 귀족도 완전히 국제적이었다. 그곳에는 헝가리의 최고 귀족들과 폴란드의 군주들이 있었고, 토착 헝가리와 보헤미아, 이탈리아, 벨기에, 토스카나, 브라반트 가문의 인물들이 있었다. 오이겐 폰 사보이 공의 궁전 주위에 늘어선 모든 화려한 바로크 건축물에서 독일식 이름을 가진 것은 단 하나도 찾을 수 없다. 이곳에 살던 귀족들은 서로 혼인을 맺거나 외국의 귀족 가문과 결혼했다. 늘 외부의 새로운 존재들이 이 문화의 범주 안으로 들어왔고, 시민들도 이러한 끊임없는 유입 속에 뒤섞였다. 모라비아, 보헤미아, 티롤 산악 지방, 헝가리, 이탈리아에서 수공업자와 상인이 찾아왔다. 슬라브인, 마자르인, 이탈리아인, 폴란드인, 유대인이 점점 더 커져 가는 도시 내부로 밀려들었다. 그들의 자식, 손자 들은 독일어를 썼지만, 그 근본까지 완전히 지워지지는 않았다. 대립은 끝없는 혼합을 통해서만 그 날카로움을 잃는다. 이곳에서는 모든 것이 더 부드러워지고 정중해졌으며, 상냥해졌고 융화적이며 친절해졌다. 즉 오스트리아다워졌고, 빈다워졌다.

빈은 이토록 수많은 낯선 요소들로 이뤄졌기 때문에, 공동의 문화를 위한 이상적인 배양소가 되었다. 이방인들은 적대적으로도, 반민족적으로도 여겨지지 않았고, 독일적이지 않다거나 오스트리아적이지 않다고 불손하게 거부당하지도 않았으며, 오히려 존경을 받았고 사람들은 이방인들과 기꺼이 사귀고자 했다. 외부에서 일어나는 모든 자극이 수용되었고, 여기에 빈의 특성을 가진 특별한 색채가 더해졌다. 이 도시가, 이 민족이 다른 모든 도시나 민족처럼 결점을 가졌을 수도 있지만, 빈은 하나의 고유한 장점을 가졌다. 이를테면 건방지지 않고, 자신의 관습과 사고방식을 독재적으로 세계에 강요하지 않으려는 점 말이다. 빈의 문화는 정복자의 문화가 아니다. 바로 그 덕분에 모든 손님은 빈의 문화를 그토록 흔쾌히 수용했다. 모순의 혼합 그리고 이렇게 끊임없이 조화하려는 시도에서 유럽 문화의 새로운 요소를 만들어 내는 것, 이것이 바로 이 도시가 지닌 본래적 천재성이다. 따라서 사람들은 빈에서 세계의 공기를 마시고, 자신의 언어, 인종, 국가, 사상에 얽매이지 않음을 느꼈다. 빈에서 매 순간 황제의 제국, 초민족적 제국의 한가운데 서 있음을 기억했다. 상점의 푯말에서 처음엔 이탈리아어처럼, 다음엔 체코어처럼, 그다음엔 헝가리어처럼 보이는 이름을 읽기만 하면 되었다. 또한 사방에 특별한 메모가, 즉 여기서는 프랑스어든 영어든 모두 가능하다고 적혀 있었다. 독일어를 못하는 외국인도 이곳에서는 속수무책 안절부절못할 이유가 없었다. 타인의 시선을 전혀 신경 쓰지 않고 자유롭게 입고 다니는 민족의상 덕분에 이웃 나라들이 이곳에 생생하게 존재하고 있음을 느낄 수 있었다. 저기에는 가장자리를 모피로 장식한 옷을 입고 날이 넓고 묵직한 창을 든 헝가리의 근위대들, 저쪽에는 폭이 넓고 화려한 상의를 입은 보헤미아의 군대들, 평소 교회 갈 때에 입는 수놓인 조끼와 모자를 쓴 부르겐란트주에서 온 농부 아낙네들, 또 저쪽에는 화려한 앞치마와 머릿수건을 쓴 시장 아낙네들, 그리고 긴 담뱃대와 단검을 파는, 짧은 바지와 붉은 튀르키예 모자를 쓴 보스니아 행상들, 종아리가 드러나는 반바지를 입고 깃털 달린 모자를 쓴 알프스 지역 사람들, 곱슬머리에 카프탄을 입은 폴란드 갈리시아의 유대인들, 양모피를 입은 우크라이나 지방 루테니아의 사람들, 파란 앞치마를 걸친 포도 재배자들,

이 모든 이들의 정중앙에 통일의 상징, 말하자면 군대의 화려한 제복과 가톨릭 성직자의 수단(soutane)이 보였다. 모두 자기 고향의 의상을 입고, 마치 자기 고향을 거닐듯 빈을 돌아다녔다. 누구도 부적절하다고 여기지 않았다. 왜냐하면 그들은 이곳을 자신들의 집으로, 자신들의 수도라고 생각했다. 이곳에서 그들은 이방인이 아니었고, 사람들 역시 그들을 이방인으로 여기지 않았다. 빈 토박이는 유순하게 이들을 놀릴 뿐이었고, 민요의 후렴 같은 재치 있는 시사 풍자시에는 늘 보헤미아인, 헝가리인, 유대인에 대한 언급이 적어도 한 소절씩 들어 있었다. 하지만 이것은 형제들 사이의 온순한 장난에 불과했다. 사람들은 서로 미워하지 않았고, 다른 사람을 미워하는 일이란 빈의 기질이 아니었다.

　미움에는 아무 의미가 없었을지도 모른다. 그래서 모든 빈 사람들의 할아버지 혹은 처남이나 매부는 헝가리인, 폴란드인, 체코인, 유대인이었다. 장교들, 공무원들은 모두 몇 년씩 변방 주둔지에서 보냈고, 거기에서 언어를 배웠으며, 그곳에서 결혼을 했다. 그래서 가장 오래된 빈 가문의 후손들도 계속 폴란드나 보헤미아 혹은 이탈리아 북부 트렌티노에서 태어났다. 모든 집안에는 체코 혹은 헝가리 출신의 하녀나 요리사 여인이 있었다. 그래서 우리들 모두는 어릴 적부터 외국어 농담 몇 마디를 이해했고, 하녀들이 부엌에서 부르는 슬라브 민요, 헝가리 민요를 알았다. 그리고 빈 사투리는 독일어를 부드럽게 해 주는 단어들의 영향을 받았다. 이를 통해 우리 독일어는 북부 독일어와 달리 그리 딱딱하지 않았고, 억양을 그리 강하게 발음하지 않았으며, 차차 그리 모나거나 또렷하지 않게 되었다. 빈 독일어는 더 부드럽고, 더 느긋하며, 더 음악적이었다. 그래서 우리는 외국어를 훨씬 쉽게 배웠다. 우리는 적대감을, 저항을 애써 없앨 필요가 없었다. 번듯한 집안에서는 프랑스어, 이탈리아어로 표현하는 것이 관례였으며, 사람들은 이 언어들로부터 음악을 우리 언어로 끌어들이기도 했다. 빈에 있는 우리 모두는 이웃 민족의 특성을 자양분으로 삼았고, 그것을 섭취하며 살아왔다. 내 말은 정말 낱말에 충실한 의미대로, 물질적인 의미에서 그렇다는 뜻이다. 왜냐하면 빈의 유명한 식당도 최고의 문화 복합체였기 때문이다. 빈의 식당들은 보헤미아에서 이름난 케이크를, 헝가리에서 굴라쉬를, 또 파프리카로 만든 다른 마술 같은 음식들을 가져왔고, 이탈리아와 잘츠부르크와 남독일에서도 음식들을 가져왔다. 이 모든 음식들은 새로운 것, 오스트리아의 음식, 빈의 음식이 될 때까지 뒤섞이고 뒤범벅되었다.

모든 것은 이렇게 지속적으로 함께하는 삶을 통해 더욱더 조화롭고, 부드럽고, 매끄럽고, 상냥해졌다. 빈 사람들의 비밀이었던 이 상냥함은 우리 문학에서도 발견된다. 우리의 가장 위대한 희곡 작가 그릴파르처의 작품 안에는 독일 작가 실러가 형상화했던 힘 중 많은 것들이 들어 있지만, 다행스럽게도 비장함은 빠져 있다. 자신을 지나치게 관찰하는 빈 사람들은 언제라도 비장할 준비가 되어 있다. 아달베르트 슈티프터의 작품 속 괴테의 관조적 특성은 어느 정도 오스트리아적인 것으로 바뀌어서 더 부드럽고, 더 조화로우며, 더 회화적이다. 그리고 호프만스탈, 4분의 1은 북오스트리아인, 4분의 1은 빈 사람, 4분의 1은 유대인, 4분의 1은 이탈리아인인 이 작가는 심지어 그런 혼합을 통해 결과적으로 어떤 새로운 가치가, 어떤 섬세함과 행복한 놀라움이 나타날 수 있는지 상징적으로 보여 주기까지 한다. 그의 언어에서는, 시뿐만 아니라 산문에서도, 독일어가 도달했던 최고의 음악성이, 독일의 창조적 정신이 라틴어와 이뤄 낸 조화가 깃들어 있다. 그 조화는 오스트리아에서만, 독일과 라틴 사이에 자리한 이 나라에서만 이뤄질 수 있었다. 수락하기, 인정하기, 정신적 친절을 통해 결합하기, 불협화음을 조화로 풀어내기, 이것이 빈의 진정한 비밀이다.

단순한 우연을 통해서가 아니라 바로 그 이유 때문에 빈은 모범적인 음악 도시가 되었다. 피렌체가 은총과 명성을 가진 것처럼 말이다. 회화가 절정에 도달한 시기의 피렌체는 그 도시 성벽 안에, 한 세기의 공간 속에 조토, 치마부에, 도나텔로, 브루넬레스키, 레오나르도 다빈치, 미켈란젤로와 같은 모든 창조적 인물들을 모조리 품었다. 그렇게 빈도 고전주의 음악이 꽃핀 한 세기 동안 거의 모든 이름들을 동시에 장악하고 소유했다. 오페라의 왕인 이탈리아의 작곡가 메타스타시오는 황제의 궁정에 자리 잡았고, 하이든도 같은 집에 살았으며 글루크는 마리아 테레지아 여왕의 자녀들을 가르쳤다. 하이든에게 모차르트가 왔고, 모차르트에게 베토벤이 왔으며, 이들과 함께 살리에리와 슈베르트가 있었다. 그리고 이들 뒤를 이은 사람들은 브람스와 브루크너, 요한 슈트라우스와 요제프 라너, 후고 볼프와 구스타프 말러. 백 년 그리고 백오십 년이 지나는 동안 단 한 번의 단절도 없었다. 빈에서는 단 십 년, 아니 단 일 년도 불멸의 음악 작품이 탄생하지 않은 적이 없었다. 18세기와 19세기의 빈보다 더 지극한 음악적 창조 정신의 축복을 받은 도시는 없다.

이제 당신은 반론을 제기할 수 있으리라. 이 모든 대가들 중에서 슈베르트를 제외하면 진정한 빈 사람은 아무도 없다고 말이다. 이를 반박할 생각은 없다. 그렇다, 글루크는 보헤미아, 하이든은 헝가리, 칼다라와 살리에리는 이탈리아, 베토벤은 독일 라인란트, 모차르트는 잘츠부르크, 브람스는 독일 함부르크, 브루크너는 오스트리아 북부의 주(州) 오버외스터라이히, 후고 볼프는 오스트리아 슈타이어마르크 출신이다. 하지만 이들이 왜 하필 사방에서 빈으로 찾아왔을까, 왜 그들은 바로 빈에 머무르며 그 도시를 자신들의 작업 장소로 삼았을까? 돈을 더 많이 벌 수 있어서? 절대 아니다. 돈은 모차르트나 슈베르트를 특별히 기쁘게 해 주지 못했다. 요제프 하이든은 오스트리아에서 육십 년 동안 번 것보다 런던에서 활동하던 일 년 동안 더 많이 벌었다. 음악가들이 빈으로 몰려드는 진짜 이유는 이곳의 문화적 기후가 자신들의 예술을 확장하는 데에 가장 유리했기 때문이다. 식물이 비옥한 땅을 필요로 하듯, 창조적 예술은 자기 계발을 위해 이를 수용할 수 있는 활동 영역, 광범위한 영역의 전문 지식을 필요로 한다. 또 그 예술은 해와 빛처럼 자신을 후원해 주는 폭넓은 참여의 온기를 필요로 한다. 예술은 바로 예술이 전 민족의 취미인 장소에서 최고 단계에 도달한다. 16세기 이탈리아의 모든 조각가와 화가가 피렌체에 모인 까닭은, 그곳에 돈이 있었고 예술품을 주문함으로써 이들을 후원하는 메디치 가문의 사람들이 있었기 때문일 테지만 비단 그뿐만 아니라 온 민족이 예술가들과 함께한다는 사실에서 자부심을 느꼈기 때문이리라. 피렌체에서 모든 새로운 그림은 하나의 사건이 되었고 정치와 사업보다 더 중요해졌으며, 그렇게 한 사람의 예술가는 다른 사람을 끊임없이 능가하고 앞지르고자 자극받았을 것이다.

이렇게 위대한 음악가들 역시 창작하고 활동하기 위해 빈보다 더 이상적인 도시를 찾을 수 없었다. 왜냐하면 빈은 이상적인 대중을 가졌고, 전문 지식을 갖추었으며, 그곳에서는 음악에 대한 열광이 모든 사회 계층을 똑같이 사로잡았기 때문이다. 음악에 대한 사랑이 황제의 궁전 안에 거주했다. 레오폴드 황제는 직접 작곡을 했고, 마리아 테레지아 여왕은 자녀들의 음악 교육을 감독했다. 모차르트와 글루크는 궁전에서 연주했다. 요제프 황제는 자신의 극장에서 상연하도록 허가한 오페라들의 모든 음표를 알고 있었다. 심지어 이들은 문화와 사랑에 빠져서 정치를 홀대하기까지 했다. 궁정 관현악단, 궁정 극장은 그들의 자랑이었고, 다양한 행정 업무 중 오직 이 분야만을 손수 처리했다. 어떤 오페라를 상연하도록 지시할지, 어떤 지휘자, 어떤 가수들을 고용할지, 그들이 가장 즐겨 하던 걱정이란 이러했다.

고위 귀족들은 음악을 사랑함에 있어서 가능하면 황제 집안을 능가하려고 했다. 에스터하지 가문, 롭코비츠 가문, 발트슈타인 가문, 라수몹스키 가문, 킨스키 가문, 이 모든 가문들은 전속 관현악단 혹은 적어도 전속 현악 사중주단을 갖고 있었다. 이 모든 자부심 강한 귀족들은 일반적으로 시민적인 것에는 자기 집의 문을 절대 열어 주지 않았다. 그러나 음악가에게는 복종했다. 그들은 음악가를 고용인으로 생각하지 않았다. 음악가는 손님일 뿐만 아니라, 그들 집안의 귀한 손님이었다. 그들은 음악가의 변덕과 요구에 복종했다. 베토벤은 몇 번이나 황제 가문의 제자, 즉 루돌프 황태자를 몇 시간씩 기다리도록 그냥 내버려 두었고, 황태자는 감히 불평하지 못했다. 베토벤이 오페라 「피델리오」를 상연 전에 취소하려고 하자, 리히놉스키 공의 부인은 베토벤 앞에 무릎을 꿇었다. 당시 제후의 아내가 술주정뱅이 시골 지휘자의 아들 앞에 무릎을 꿇는다는 것이 어떤 의미인지 오늘날에는 상상할 수 없을 것이다. 베토벤은 언젠가 롭코비츠 제후에게 화가 나자, 자기 집으로 가서는 모든 하인들 앞에서 고래고래 소리를 질렀다. "롭코비츠의 당나귀!" 제후는 이 사실을 알았고, 그것을 참아 냈으며, 용서해 주었다. 베토벤이 빈을 떠나려고 하자, 빈에 머물면서 자유롭게 창작하는 것 외에는 어떤 의무든 면제해 주고 당시로서는 엄청난 종신 연금을 보장해 주기 위해 귀족들은 똘똘 뭉쳐야 했다. 이들은 모두 평소에는 보통의 인물들이었지만, 위대한 음악이 무엇이며 얼마나 귀한지, 위대한 천재가 얼마큼 존경할 만한 가치가 있는 존재인지 알았다. 그들은 속물근성 때문에 음악을 장려한 것이 아니다. 음악 속에서 살았기 때문에 음악을 장려했고, 음악에 본래 지위보다 높은 지위를 부여해 주었다.

이와 동일한 전문 지식, 동일한 열정을 18세기, 19세기 빈의 시민 사회 안에서도 만날 수 있다. 거의 모든 집에서 일주일에 한 번씩 실내악이 연주되었고, 모든 지식인이 악기 하나 정도는 다룰 줄 알았다. 또한 좋은 집안 출신의 소녀들은 악보에 적힌 가곡을 부를 수 있었으며, 합창단에서 그리고 교회에서 연주하기도 했다. 빈의 시민이 신문을 펼친 뒤 제일 먼저 눈길을 주는 곳은 정치면이 아니다. 시민들은 오페라와 국립 극장인 부르크테아터의 레퍼토리부터 찾아본다. 그리고 어떤 가수가 노래하고, 어떤 지휘자가 지휘하며, 어떤 배우가 연기하는지 살펴본다. 신작은 사건이 되었고, 오페라의 초연, 새로운 지휘자, 새로운 가수의 초빙은 끝없는 토론을 불러일으켰다. 궁정 극장의 무대 뒤를 둘러싼 잡담이 온 도시를 가득 채웠다. 극장, 특히 부르크테아터는 빈 사람들에게 단순한 극장 이상이었기 때문이다. 그것은 대우주를 반영하는 소우주이고, 정화되고 정제된 빈 안의 빈이었으며, 사회 속의 사회였다. 부르크테아터는 사람들이 사회 안에서 어떻게 생활하고, 살롱에서 어떻게 잡담하며, 어떻게 옷을 입고, 어떻게 말하고 어떻게 행동하며, 어떻게 차를 마시고 어떻게 등장하고 어떻게 작별하는지를 사회에 보여 주었다. 그것은 일종의 코르티자노, 즉 궁정인(宮廷人)이자 좋은 태도를 비추는 풍습의 거울이었다. 왜냐하면 빈의 부르크테아터에서는 프랑스의 국립 극장 코메디 프랑세즈에서처럼 부적절한 단어를 사용해서도, 오페라에서는 잘못된 목소리로 노래해서도 안 됐기 때문이다. 그런 오점은 거의 국가적 치욕이라 할 수 있었다. 마치 살롱으로 향하듯 사람들은 이탈리아의 전형에 따라 오페라 극장으로, 부르크테아터로 간다. 사람들은 서로 만나고, 사귀고, 인사하고, 맑은 정신으로 자기 집과 같은 곳에 머문다. 부르크테아터와 오페라 극장에서 모든 계층이 합류한다, 귀족과 새로운 젊음 말이다. 그들은 커다란 공동체며, 그곳에서 일어나는 모든 일은 온 도시에 속했다.「피가로의 결혼」을 처음 상연한 부르크테아터의 옛 건물이 뜯겼을 때 빈 전체가 슬퍼했다. 팬들은 아침 6시부터 문 앞에 줄을 서서, 그저 이 건물에서 열리는 마지막 공연에 참석하려고 저녁까지 무려 열세 시간 동안 먹지도 마시지도 않고 서 있었다. 옛날의 경건한 사람들이 성스러운 십자가에서 떨어진 조각을 보존했듯, 그들은 무대에서 나무 조각을 떼어 내어 간직했다. 지휘자뿐만 아니라, 위대한 배우, 훌륭한 가수 들은 마치 신처럼 숭배받았다.

이러한 열정은 영혼 없는 공간에까지 옮겨 갔다. 나도 오래된 뵈젠도르퍼 홀에서 열린 마지막 음악회에 참석했다. 당시 헐린 이 홀은 한때 제후 리히텐슈타인의 승마 학교였는데, 특별히 아름다운 곳은 아니었고, 벽도 널빤지로 되어 있었다. 하지만 이 방은 유구한 바이올린의 공명이 울렸던 곳이며, 쇼팽과 브람스 그리고 루빈슈타인과 로제 사중주단[58]이 연주했던 곳이었다. 수많은 명곡들이 그곳에서 처음 세상에 울려 퍼졌다. 그곳은 모든 실내악 애호가가 매해, 매주 서로 만나서 한 가족이 되었던 곳이다. 그리고 이제 우리는 그곳, 옛 공간에 서서 최후의 베토벤 사중주가 끝이 아니기를 바랐다. 사람들은 떠들썩하니 소란을 피웠고, 고함을 질렀으며, 몇 사람은 울었다. 공연장의 모든 불이 꺼졌다. 모두 어둠 속에 있었고, 마치 이 공연장, 이 오래된 공연장도 그렇게 머물러 있으라고 강요하는 것 같았다. 빈의 사람들은 오직 예술, 음악에 대해서뿐 아니라 자신들과 관련한 건물에 대해서도 열광적이었다.

당신은 이렇게 말할 것이다. 과장이지, 어처구니없는 과대평가야! 그런데 빈 사람들의 음악과 연극에 대한 이상한 열정에 우리 자신도 가끔 놀란다. 그렇다, 이런 열정은 가끔 황당할 정도다. 예컨대 당시 훌륭한 빈 사람들이 파니 엘슬러[59]의 마차를 끌던 말의 갈기를 귀중품으로 보관했던 사실을 나는 안다. 그리고 또 이런 열광의 대가를 치렀음도 알고 있다. 빈과 오스트리아가 자신의 극장, 자신의 예술을 열렬히 사랑

---

58   로제 사중주단(Das Rosé-Quartett). 1882년 아르놀트 로제가 빈에 설립한 현악 사중주단으로, 1945년 런던에서 마지막 연주회를 열었다. 20세기 초의 중요한 앙상블 중 하나다.

59   파니 엘슬러(Fanny Elssler, 1810~1884). 오스트리아의 발레리나.

하는 동안, 독일의 도시들은 기술과 유용성에서 우리를 추월했고, 삶의 수많은 실용적인 문제에 있어서 우리를 앞섰다. 하지만 잊지 말자. 우리의 과대평가도 가치를 만든다. 예술에 대한 진정한 열광이 존재하는 곳에서만 예술가는 쾌적함을 느끼며, 사람들이 예술에 의해 모든 기량을 발휘하도록 강요받는 곳에서만 다채로운 예술이 존재할 수 있다. 빈보다 더 음악가, 가수, 배우, 지휘자, 연출가 들이 엄격하게 감독되고, 보다 큰 노력을 기울이도록 강요당한 도시는 없으리라고 나는 장담한다. 이곳에서는 첫 공연 때에만 비평하는 게 아니라, 모든 대중이 끊임없이 타협 없는 비판을 계속 제기하기 때문이다. 빈에서는 음악회의 어떤 실수도 간과되지 않았고, 모든 단독 공연은 물론 스무 번째 공연, 백 번째 공연 역시 항상 전 좌석에 앉은 대중의 잘 훈련된 주의력의 감시를 받았다. 우리는 높은 수준에 익숙했고, 그 기준을 한 치도 떨어뜨릴 준비가 되어 있지 않았다. 이런 우리 각자의 전문 지식은 모두 이미 어린 시절부터 서서히 형성되어 온 것이다. 내가 아직 고등학교에 다니고 있었을 때, 나는 부르크테아터나 오페라 하우스의 중요한 공연에 빠짐없이 참석했던 단 한 사람이 아니라, 스물네 명 중 하나였다. 우리 젊은이들은 진정한 빈 사람으로서 정치나 민족 경제에 관심이 없었고, 아마 운동에 대해 뭔가 아는 것을 창피해했을 터다. 나는 지금도 여전히 크리켓과 골프를 구분하지 못하며, 신문의 축구 관련 지면은 나에게 중국어와 마찬가지로 이해 불가다. 그러나 나는 벌써 열네 살, 열다섯 살 무렵에 공연 중의 어떤 생략이나 아무리 사소한 실수라도 모조리 알아차렸다. 우리는 이 지휘자가 어떤 박자를 택했고, 저 지휘자는 어떤 박자를 택했는지 정확하게 알았다. 우리는 이 예술가의 편을 들기도, 저 예술가를 옹호하기도 했다. 우리는 그들을 신격화하기도, 그들을 미워하기도 했다. 여기서 우리란 우리 학급의 스물네 명이었다. 한 학급의 스물네 명을 쉰 개의 학교에, 한 대학교에, 시민 모두에, 한 도시 전체에 곱한다고 생각해 보시라. 그러면 모든 음악적, 연극적 문제를 놓고 우리에게서 어떤 긴장이 발생했을지, 이 지칠 줄 모르는 가혹한 감독이 음악과 연극의 전체 수준에 어떻게 자극을 주고 영향을 끼쳤을지 이해할 수 있으리라. 모든 음악가, 모든 비평가는 스스로 빈에선 느슨하게 지낼 수 없음을, 그곳에서 버티려면 최고의 것을 보여 주어야만 함을 잘 알고 있었다.

이러한 감독은 최하층의 주민들에게까지 깊숙이 파고들었다. 모든 연대의 군악대가 서로 경쟁했고, 우리 군대에는 — 나는 레하르[60]의 초창기만 기억난다. — 장군들보다 더 나은 지휘자가 있었다. 프라터 공원의 여성 단원으로 구성된 작은 악대, 빈 근교의 호이리게 자영 포도원에서 생산된 포도로 포도주를 빚는 주점의 악대도 이런 감독 아래에 있었다. 전반적인 빈 사람들은 포도주의 품질만큼이나 호이리게 악대의 훌륭함도 중요하게 여겼기 때문이다. 따라서 음악가는 연주를 잘해야만 했다. 그렇지 않으면 그는 자리를 잃었고, 해고당했다.

그렇다, 참 이상한 일이었다. 빈 도처에는, 가령 행정 관청 안에, 공적인 삶 안에, 도덕 안에 많은 무관심, 많은 냉담함, 많은 다정함, 우리가 말하듯 수많은 '뒤죽박죽'이 존재했다. 그러나 예술의 영역에서는 어떤 소홀함도 용서되지 않았고, 어

---

60   프란츠 레하르(Franz Lehár, 1870~1948). 헝가리의 오페레타 작곡가.

떤 태만함도 허용되지 않았다. 어쩌면 음악, 연극, 예술, 문화에 대한 이러한 과대평가는 빈, 합스부르크 가문, 오스트리아로 하여금 많은 정치적 성공을 놓치게 했을지도 모른다. 하지만 음악에서 우리가 강대국인 까닭은 이러한 과대평가 덕분이라 할 수 있다.

그렇게 음악 속에서 살았던 도시, 리듬과 박자에 깨어 있는 신경을 가진 도시 안에서는 사회적 업무를 위한 춤 역시 예술이 되어야 했다. 빈 사람들은 전력을 다해 춤을 추었다. 그들은 춤에 흠뻑 빠졌다. 이런 현상은 궁중 무도회와 오페라 무도에서부터 교외 음식점과 하인들의 무도회까지 모든 곳에서 일어났다. 춤을 잘 추는 것은 빈에선 사회적 의무였다. 만일 사람들이 아주 보잘것없는 젊은이를 탁월한 춤꾼이라 평한다면, 그는 이 한마디만으로도 확실한 사회적 지위를 얻었다. 그는 문화의 영역에서 승진했다. 왜냐하면 사람들이 춤을 예술로 승격시켰기 때문이다. 그리고 한편 사람들이 춤을 예술로 봤기에 춤은 보다 높은 영역으로 도약하였고, 일명 가벼운 음악, 즉 무용 음악마저 완벽한 음악이 되었다. 대중은 무척 춤을 즐겼고, 늘 똑같은 왈츠곡을 들으려 하지 않았다. 따라서 음악가들은 항상 새로운 것을 제공하고, 서로가 서로를 능가해야만 했다. 이렇게 하이든과 모차르트, 베토벤과 브람스 같은 고상한 음악가의 대열 곁에 슈베르트와 요제프 라너, 아버지 요한 슈트라우스, 아들 요한 슈트라우스부터 레하르와 빈 오페레타의 크고 작은 대가들에 이르기까지 다른 하나의 대열이 생겨났다. 삶을 보다 쉽고, 생동감 넘치고, 다채롭고, 원기 발랄하게 해 주려는 예술, 빈의 경쾌한 심장을 위한 이상적인 음악 말이다.

하지만 나는 내가 우리의 빈에 대해 어떤 선입견을 줄 위험에 빠져 있음을 알고 있다. 사람들이 오페레타를 통해 알고 있는 것, 아슬아슬하게 달콤하고 다감한 이미지 말이다. 연극에 빠져 있고 경박스러운 도시, 항상 사람들이 춤을 추고 노래하며 실컷 먹고 사랑을 나누는 도시, 아무도 걱정하지 않고 아무도 일하지 않는 도시라는 이미지. 모든 전설처럼, 그 속에는 한 조각 진실이 들어 있다. 확실하다, 사람들은 빈에서 즐거이 살았다. 가벼운 마음으로 살았다. 모든 불편한 것과 우울한 것을 위트 하나로 없애려 했다. 사람들은 축제와 유흥을 사랑했다. 군악대의 음악이 거리에 울려 퍼지면, 사람들은 일을 내팽개치고 거리로 나와서 군악대를 따라갔다. 프라터 공원에 꽃마차 축제 행렬이 있으면, 3만여 명의 사람들은 이에 헌신했다. 하다못해 장례식도 호화로운 축제가 되었다. 경쾌한 바람이 도나우강을 따라 불어 내려옴에도, 독일인들은 모종의 경멸을 품고 삶의 현실을 절대 파악하려 하지 않는 어린아이들을 내려다보듯 우리를 굽어보았다. 독일인이 볼 때 빈은 도시들 중의 팔스타프, 그러니까 셰익스피어의 인물인 허풍선이 뚱보, 뻔뻔스럽고 기발하며 재미있는 향락주의자였다. 실러는 우리를 오디세우스가 표착한 페아케섬의 민족이라고 불렀다. 이 민족이 있는 곳에선 늘 태양이 빛나고, 화덕엔 항상 구이용 꼬챙이가 돌아가고 있었다. 모든 독일인들은 빈에선 사람들이 삶을 느긋하고 경박하게 사랑한다고 생각했다. 그들은 우리의 '주이상스(jouissance)', 이른바 기쁨을 비난하고, 빈 사람들이 삶의 좋은 점만을 너무 지나치게 애호한다며 이백 년 동안이나 우리를 흠잡았다.

자, 나는 빈 사람들의 '주이상스'를 부정하지 않겠다. 오히려 변호한다. 내 생각에 삶이란 좋은 것을 즐기도록 규정되어 있고, 인간의 최고 권리는 우리가 오스트리아에서 사는 것처럼 근심 없이, 또 자유롭고 시기심 없이 친절하게 사는 것이다. 또 내 생각에 인간 영혼과 민족 영혼의 기저에 자리한 공명심은 중요한 가치를 망가뜨리며 빈의 오래된 표어, '살기 그리고 살게 두기'는 모든 엄격한 격언과 정언적 명령보다 더 인간적일 뿐 아니라 더 현명하다. 이것이 우리 오스트리아인, 언제나 제국주의자는 아니었던 우리가 독일인들과 절대 타협할 수 없고, 그들 중 가장 훌륭한 사람과도 타협할 수 없는 지점이다. 독일 민족에게 있어서 '주이상스'의 개념은 성과, 활동, 성공, 승리와 연결되어 있다. 자신을 자각하기 위해 각자는 다른 사람을 능가해야만 하며, 가능하다면 짓밟고 올라서야만 한다. 우리가 한없이 존경하는 위대하고 현명한 괴테조차 시에서 이런 독단을 내세웠는데, 나는 어릴 적부터 이것을 부자연스럽다고 생각했다. 괴테는 인간에게 다음과 같이 간청했다.

그대는 지배하고 이겨야만 한다.
아니면 헌신하고 잃어야만 할 것이다.
시달리거나 승리해야만 하며,
모루이거나 망치가 되어야만 한다.

자, 괴테가 제시한 이 양자택일, '그대는 지배하거나 잃어야만 한다.'라는 말에 내가 반대하더라도 부디 부당하다고 생각하지 않기를 바란다. 내 생각에 한 인간은 ― 마찬가지로 한 민족은 ― 지배해서도 헌신해서도 안 된다. 무엇보다 인간은 자유로워야만 하며, 각각의 타인에게 자유를 주어야만 한다. 우리가 빈에서 배웠듯 살아야만 하며 살게 내버려 두어야만 한다. 삶의 모든 것에 대한 기쁨을 부끄러워하지 않아야 한다. 나한테 '주이상스'는 인간을 어리석게 하거나 나약하게 하지 않는 한 인간의 권리이며, 인간의 미덕으로 보이기까지 한다. 그리고 나는 항상 보아 왔다. 인간들이 자유롭게 진정으로 삶을 즐길 수 있는 한 고난과 위험 속에서 최고의 용기를 발휘한다는 사실을, 마찬가지로 민족과 민중 역시 늘 그랬다는 사실을 말이다. 이들은 군국주의에 매료되어 싸우지는 않지만, 싸울 수밖에 없을 땐 결국 최고의 전사들이 된다.

빈은 가장 어려운 시험을 맞닥뜨렸던 시기에 그 점을 보여 주었다. 이 도시는 일해야만 할 때 일할 수 있음을 보여 주었고, 도시가 참으로 진지하고 단호한 상태를 근본으로 취할 때 사람들이 아주 향락적인 태도를 취할 줄도 안다는 사실을 보여 주었다. 1차 세계 대전 후 1919년에 찾아온 평화를 통해 빈만큼 깊은 타격을 입은 도시는 없다. 생각해 보라. 5400만 명의 군주국을 대표하던 수도가 갑자기 그저 인구 400만 명의 평범한 도시가 되어 버렸으니까. 이 수도는 더 이상 황제의 도시가 아니었다. 황제는 추방되었고, 아울러 축제의 모든 광채도 쫓겨났다. 지방으로 향하는 모든 동맥들, 수도에 영양분을 공급해 주던 그 동맥들이 끊겼다. 역에는 기차가 없고, 기관차에는 석탄이 없으며, 가게들은 텅 비었다. 빵도 과일도 고기도 채소도 없었다. 화폐의 가치는 시시각각 폭락했다. 사방에서 사람들이 예언했다, 이제 빈은 끝장났다고. 거리에선 잡초가 자라고, 수백 수천의 사람들은 굶어 죽지 않으려 도시를 떠나야만 했다. 사람들은 빵을 사기 위해 수집해 놓은 예술품을 팔아야 할지, 황폐해진 집의 일부를 허물어야 할지, 심각하게 고민했다.

하지만 이 옛 도시에는 아무도 예상하지 못했던 생명력이 숨어 있었다. 그것, 이 생명력, 이 노동의 힘은 사실 늘 존재했다. 단지 우리는 독일인처럼 그 힘을 큰 소리로 떠벌리며 자랑하지 않았을 뿐이다. 대충 살아가는 듯 보이는 우리의 외양 때문에 수공업에서, 예술에서 늘 조용히 성취해 온 성과를 마구 오해하도록 내버려 두었다. 다른 나라 사람들이 아직 파리 뤼 드 라 페의 귀금속 가게들에서 그리고 몽마르트르의 야간 유흥업소에서 벗어나지 못했기 때문에, 파리의 가난한 동네 벨빌에 가 보지 않았기 때문에, 노동자, 시민, 농부가 조용하고 완고하며 검소하게 작업하는 모습을 한 번도 보지 못했기 때문에 프랑스를 소비와 사치의 나라로 치부하듯, 빈에 대해서도 오해했다. 그러나 이제 빈은 모든 것을 수행하도록 도전받았고, 우리는 우리의 시간을 허비하지 않았다. 위쪽의 독일은 끊임없이 패배를 부인하며, 스스로 배반당하지도 절대 정복당하지도 않았다고 표명했지만, 우리는 그렇게 우리의 영적인 힘을 낭비하지 않았다. 우리는 진심으로 다음과 같이 말했다. 전쟁은 끝났다. 우리 새롭게 시작하자! 빈을 세우자, 오스트리아를 다시 한 번 세우자!

그리고 그때 기적이 일어났다. 삼 년, 모든 것이 다시 소생했다. 오 년, 호화로운 시청들이 다시 불쑥불쑥 솟아났고, 이것들은 온 유럽의 사회적 모범이 되었다. 갤러리들, 정원들이 복구되었고, 빈은 이전보다 더 아름다워졌다. 모든 불화는 다시 사라졌고, 예술이 꽃피었으며, 새로운 산업이 발생했고, 우리는 곧 수백 가지 분야에서 선두에 서게 되었다. 과거의 생산

수단으로 사는 동안에는 대충대충, 쉽고 경솔하게 살았다. 하지만 모든 것을 잃은 지금에야 어떤 힘이 드러났고, 이 힘은 우리 자신마저 놀라게 했다. 이 가난해진 도시의 대학교로 세계 각국의 학생들이 몰려들었다. 우리의 위대한 대가, 바로 우리가 망명길 속에 파묻어 버린 지그문트 프로이트를 위한 학파가 형성되었고, 이 학파는 유럽과 미국에서 모든 정신적 활동에 영향을 주었다. 이전까지 우리의 출판 사업은 독일에 완전히 종속되어 있었다. 하지만 이제는 빈에도 거대한 출판사들이 설립되었다. 빈 공동체의 모범적인 사회 복지 사업을 배우고자 영국과 미국에서 위원회들이 찾아오기도 했다. 공예는 그 개성과 취향을 통해 지배적인 위치를 이룩했다. 모든 것이 갑자기 활동적이고 효율적으로 변했다. 막스 라인하르트는 베를린을 떠나와서 빈의 극장을 체계화했다. 밀라노에서는 토스카니니가, 뮌헨에서는 부르노 발터가 빈 오페라로 왔다. 잘츠부르크, 오스트리아가 자신의 모든 예술가적 기량을 효과적으로 통합해 낸 이 도시는 국제적인 음악의 중심지가 되었다. 비할 데 없는 승리였다. 뮌헨과 다른 독일 도시의 예술 협회들은 무제한적 수단을 동원해서 우리를 향한 이러한 열광적인 유입을 막으려고 헛된 노력을 기울였다. 그러나 성공하지 못했다. 왜냐하면 우리는 무엇을 위해 싸워야 하는지 알았기 때문이다. 갑자기 오스트리아에게 또다시 역사적 과제가 주어졌다. 즉 독일에서는 이미 노예로 전락해 버린 독일어의 자유를 다시 한 번 세계 앞에서 증명하고, 유럽의 문화, 우리의 오랜 유산을 수호해야 하는 과제가 주어진 것이다. 그런 과제가 이 도시의 사명이다. 놀라운 힘을 함부로 날려 버렸다고 얘기하는 그 도시에 말이다. 이 같은 놀라운 부활의 기적은 개별적인 것에 의해 완성되지 않았다. 가톨릭교도였던 총리 자이펠[61]만의 힘도, 사회민주당원들과 군주주의자들의 힘도 아니었다. 모두 함께 빈의 부활을 이루었으며, 2000년 된 옛 도시의 삶을 향한 의지였다. 편협한 애국심 따위는 없었다고 말해도 좋을 것이다. 자유를 앗아 간 커다란 음모에 휘말리기 직전의 시기처럼 그토록 빈이 자신의 문화적 특성을 멋지게 알린 적은 없었으며, 그렇게 온 세계의 동정을 얻은 적도 없었다.[62]

그것은 빈 역사에서 가장 아름답고 가장 영광스러운 시절이었다. 그리고 빈의 마지막 싸움이었다. 우리는 힘이라고 하는 모든 것, 즉 부와 소유의 영역을 기꺼이 체념했다. 우리는 영토를 희생했고, 이후 아무도 이웃 나라, 즉 보헤미아, 헝가리, 이탈리아, 또 독일로부터 단 한 치의 땅도 되찾으려 하지 않았다. 어쩌면 우리는 정치적 의미에서 보자면 늘 나쁜 애국주의자들이었을지도 모른다. 그러나 이제 우리는 느낀다, 우리의 진정한 고향은 우리의 문화이며 우리의 예술이라는 사실을. 여기서 우리는 굴복하지 않으려 했고, 또 여기서 누구에게도 추월당하지 않으려 했다. 나는 반복한다, 빈의 역사 중에서 가장 존경할 만한 순간은 스스로의 문화를 지켜 낸 순간이었다고. 한 가지 예를 들겠다. 나는 여행을 많이 했고, 놀라운 공연들도 보았다. 토스카니니가 지휘하는 메트로폴리탄 오페라도 가 봤고, 레닌그라드와 밀라노에서 발레 공연도 보았다.

---

61 이그나츠 자이펠(Ignaz Seipel, 1876~1932). 오스트리아의 성직자, 가톨릭 신학자, 정치가. 1922~1924년과 1926~1929년, 두 차례 오스트리아의 총리를 지냈다.

62 1934년. 오스트리아는 나치 세력의 주도 아래 독일에 합병된다.

가장 위대한 가수의 노래도 들었다. 하지만 1919년의 파탄 직후에 몇 달 동안 빈 오페라단에게서 받았던 감동만큼 예술의 어떤 업적에 대해서도 감격한 적이 없었다. 컴컴한 골목을 더듬더듬 지나서 — 석탄이 부족한 탓에 거리의 조명을 줄였다. — 가치 없는 지폐 한 무더기로 입장권값을 지불했다. 드디어 익숙한 오페라 하우스에 들어서서는 경탄해 버렸다. 희미한 불빛이 비치는 방은 회색이었고 냉골이었다. 색채도 광택도 제복도 야회복도 없었다. 낡아서 해진 겨울 외투와, 형태를 개조한 제복을 입고 추위 속에 다닥다닥 달라붙어 앉아 있는 사람들, 잿빛으로 빛바랜 그늘과 밤도깨비의 군상뿐이었다. 조금 뒤 음악가들이 들어와서 오케스트라 자리에 앉았다. 우리는 그들 한 사람 한 사람을 다 알고 있었지만, 그들을 거의 알아볼 수 없었다. 야위고 늙고 머리가 희어진 그들이 낡은 연미복을 입고 저기에 앉아 있었다. 우리는 이 위대한 예술가들이 당시 웨이터나 여느 노동자보다 수입이 낮았음을 알고 있었다. 전율이 심장에 내리꽂혔다. 홀에는 그토록 많은 가난과 걱정과 비참함이, 저승과 허망함의 공기가 가득했다. 이윽고 지휘자가 지휘봉을 치켜들었고, 음악이 시작되었다. 어둠이 사라지더니, 갑자기 옛 광채가 다시 거기에 나타났다. 우리의 오페라 극장에서 바로 그날보다 더 멋지게 연주된 적은 없었고, 더 멋지게 가창된 적도 없었다. 어쩌면 내일, 이 오페라 하우스의 문이 닫힐지도 모르는 상황이었기 때문이리라. 가수들 중 그 누구도, 우리의 훌륭한 음악가들 중 어느 누구도 다른 도시에서 제시하는 더 높은 보수에 유혹당하지 않았다. 그들 각자는 바로 지금 최상의 것, 최고의 것을 내주고, 우리에게 가장 중요한 공통의 것, 즉 우리의 위대한 전통을 지키는 것이야말로 자신의 의무라고 웅변했다. 제국은 사라졌고, 거리들은 파괴되었으며, 집들은 포격당했고, 사람들은 중병을 앓고 난 듯 보였다. 모든 것이 방기되었고, 절반은 이미 상실되었다. 하지만 이 한 가지, 예술, 우리의 명예, 우리의 영광, 우리는 이것을 빈에서 지켜 냈다. 모든 개인, 수천수만의 개인들이. 모두 두 배로, 열 배로 자기 몫을 했다. 그러자 우리는 스스로 깨닫고 있었듯, 갑자기 세계가 우리를 바라보고 있음을, 우리를 인정하고 있음을 느꼈다.

이렇게 우리는 예술에 대한 열광을 통해, 종종 조롱받기도 하는 이런 열정을 통해 빈을 다시 한 번 구했다. 거대 국가의 대열에서는 밀려났지만, 우리는 과거에 유럽 문화 안에서 누려 온 우리의 자리를 지켜 냈다. 모든 야만의 침입에 맞서 탁월한 문화를 수호해야 하는 과제, 로마인이 우리 도시의 성벽에 새겨 놓은 과제, 우리는 이를 마지막 순간까지 이행했다.

우리는 과거의 빈에서 이 같은 과제를 이행했고, 지금도 이행할 의지를 가지고 있으며, 앞으로 계속 이행할 것이다, 외국에서도 그리고 그 어디에서고. 나는 과거의 빈에 대해 이야기했다. 내가 태어났고, 내가 살았던 빈에 대해서. 우리가 과거의 빈을 잃어버린 뒤, 나는 그 빈을 전보다 더 사랑하고 있는 것 같다. 오늘날의 빈에 대해서는 아무것도 말하고 싶지 않다. 그곳에서 무슨 일이 벌어지는지 우리 모두는 정확히 알지 못한다. 현재의 빈이 너무나 정확한 모습으로 우리 앞에 나타날까 봐 겁이 나기까지 한다. 빈의 음악적 풍토를 재건하기 위해 독일의 지휘자 푸르트벵글러를 초청했다는 얘기를 신문에서 읽었다. 푸르트벵글러는 분명 어느 누구도 그 권위를 의심하지 않는 음악가다. 그런데 빈의 문화적 삶을 재건해야만 한다는 사실은, 지난날의 훌륭한 빈이 심각하게 훼손되었음을 보여 주는 증거다. 건강한 사람을 위해 의사를 부르지는 않기 때문이다. 예술이나 문화는 자유 없이 번창할 수 없다. 특히 빈의 문화는 유럽 문명의 활기찬 샘물을 보급받지 못하면, 최상의 경지를 펼쳐 보일 수 없다. 오늘날 우리의 옛 땅을 뒤흔든 끔찍한 전쟁 속에서 문화의 운명 역시 결정되었다. 따라서 우리의 가장 열렬한 소원이 무엇인지 굳이 말할 필요는 없을 것이다.

옮긴이의 말
불안과 방랑

오스트리아 작가 슈테판 츠바이크(Stefan Zweig, 1881~ 1942)는 유대인 섬유 공장의 주인인 아버지 모리츠 츠바이크 와 역시 유대인이며 은행가 가문 출신인 어머니 이다의 둘째 아들로 태어났다. 츠바이크 집안은 유대인이었음에도 종교적 이지 않았고, 츠바이크 역시 스스로 '우연히 유대인'이 되었다 고 할 정도로 정통 유대교와 거리가 있었다. 그의 부친 모리츠 는 부유했을 뿐만 아니라 교양이 높았고 음악에도 관심이 많 았으며 영어와 프랑스어에 능통했다. 어머니는 전형적인 사 교계 여성으로서 품위 있는 삶, 실내 장식, 호화스러운 여행 에 관심이 많았다. 대기업가인 남편을 존경했지만, 자신의 집 안이 남편의 집안보다 더 낫다는 생각을 갖고 있었다. 츠바이 크는 이런 가정 환경 속에서 자랐고, 성향상 아버지를 많이 닮 았다.

츠바이크는 고등학교를 졸업한 뒤 독립적인 삶을 시작했 다. 1900년 아버지의 선물로 처음 프랑스 여행을 한 뒤 거의 전 세계를 돌아다녔다. 23세의 슈테판 츠바이크는 헤르만 헤

1933년 잘츠부르크에서

세에게 이렇게 편지했다. "여행이라고요? 여행하는 것을 잊어버리셨습니까? 저는 그렇지 않습니다, 정말 아닙니다. 저는 어디든 가고 모든 것을 보고 모든 것을 즐기려 하는 불안을 가지고 있으며, 제가 이것들 — 제가 가장 좋아하는 재산 — 을 언젠가 피로와 게으름 속에서 잊어버릴까 봐 나이 드는 일이 제일 두렵습니다." 그는 이런 성향대로 독일과 오스트리아는 말할 것도 없고, 그의 정신적 고향인 프랑스(파리), 벨기에, 이탈리아, 포르투갈, 스위스, 소련 등 유럽뿐만 아니라, 미국, 캐나다, 브라질, 아르헨티나, 우루과이 등 아메리카 대륙과 실론(현재의 스리랑카), 인도, 미얀마 등 다양한 지역을 방문했다.

츠바이크가 살았던 시기는 격동의 시대였다. 세기가 바뀌었고, 유럽은 오랫동안 평화를 유지해 왔다. 인류는 퇴보 없이 발전만 하는 듯했다. 그러나 1914년 오스트리아는 1차 세계대전을 일으켰고, 1918년 패전했다. 이로써 유럽 대륙에서 면적은 2위, 인구는 3위였던 오스트리아-헝가리 제국이 붕괴되었다. 과거의 오스트리아는 사라졌다. 게다가 얼마 뒤 오스트리아는 독일에 합방되기까지 했다. 1934년 츠바이크는 고국인 오스트리아를 떠날 수밖에 없었다. 나치 치하의 오스트리아에서 그는 그저 유대인이었다. 우선 그는 가족을 두고 영국으로 떠났다. 하지만 영국에 거주지를 정한 뒤에도 그의 여행은 계속되었다. 포르투갈, 프랑스, 브라질, 아르헨티나, 우루과이, 미국 등. 외국에서도 그의 명성과 창작력은 결코 시들지 않았다. 1941년, 사망하기 한 해 전에 발표한 『브라질: 미래의 나라』는 독일어, 영어, 포르투갈어, 스페인어, 프랑스어로 출판되기도 했다.

그러나 1942년 2월 23일, 브라질 페트로폴리스에서 그는 아내와 함께 시신으로 발견되었다.

"자유로운 의지로 그리고 맑은 정신으로 삶과 작별하기 전에, 필히 저의 마지막 의무를 행하고 싶습니다. 그것은 저와 저의 작업에 그토록 선량하고 후한 휴식을 제공해 준 이 놀라운 나라, 브라질에게 마음 깊이 감사를 전하는 것입니다. 저만의 언어 세계가 파괴되고 저의 정신적 고향인 유럽이 자멸한 이후, 저는 날마다 이 나라를 더 사랑하게 되었고 특히 이곳이 아니었다면 그 어디에서도 이렇게 철저히 삶을 새로이 시작할 수는 없었을 것입니다.

하지만 육십 년을 산 뒤에 다시 한 번 완전히 새로 시작하는 데에는 특별한 힘이 필요합니다. 저의 힘은 오랫동안 고향 없이 떠돈 탓에 완전히 쇠진해 버렸습니다. 저는 제때에 그리고 올바른 태도로 삶을 마감하는 편이 더 낫다고 생각합니다. 내 삶에서 정신적 작업은 언제나 순수한 기쁨이었고 개인의 자유는 지상 최고의 재산이었습니다.

모든 친구들에게 인사를 전합니다! 바라건대 여러분은 이 기나긴 밤을 지나 눈부신 여명을 맞이하기를 바랍니다! 지나치게 성급한 저는 먼저 갑니다."

1942년 2월 22일, 오스트리아인 슈테판 츠바이크는 이런 유서를 남기고 아내와 함께 자살했다. 브라질 경찰은 깔끔하게 정리된 책상 위에서 저 유서를 발견했다. 나치로 인해 비록 고국 오스트리아를 떠나야 했지만, 사망하기 몇 달 전 영국 국적을 취득했고, 브라질에서는 열렬한 환영을 받았으며, 재정 문제 역시 없었다.

1920~1930년대 대중적인 작가 중 하나였던 츠바이크.

그의 책은 100만 부가 판매되었고, 50여 개국 언어로 번역되었다. 그런 유명 작가의 죽음은 많은 사람에게 충격을 주었다. 특히 나치를 피해 망명길에 올랐던 다른 작가들에게 큰 실망을 안겨 주기도 했다. 적잖은 사람들이 츠바이크를 같은 운명에 처한 동료들에의 의무를 저버리고, 자기 삶을 개인적으로 방기해 버린 '배반자'라고 생각했다. 유럽의 파괴, 고향 오스트리아의 몰락, 독일어권 독자와 더 이상 연결될 수 없다는 상실감에 따른 좌절, 히틀러가 지배하는 독일의 위협적인 성공에 대한 두려움. 그중 어떤 것이 그의 죽음의 동기였는지는 정확히 밝혀지지 않았다. 츠바이크는 유서에 조촐하고 은밀한 장례를 원한다고 적었다. 하지만 그의 바람을 알지 못한 브라질 정부는 세계적인 작가이자 브라질의 친구였던 츠바이크의 죽음을 국장으로 치름으로써 그에게 존경을 표했다.

『수많은 운명의 집』은 츠바이크의 여행기 중 일부를 연도 순으로 발췌, 번역한 것이다. 어쩌면 독자는 의문을 가질 수도 있다. 여건만 되면 일부 국가를 제외하고는 전 세계를 여행할 수 있는 시대, 인터넷만 검색해도 원하는 곳의 사진은 물론 상세한 정보와 여행 방법까지 알 수 있는 이 시대에 거의 80년 내지 100여 년 전의 여행기를 읽는 데에 무슨 의미가 있을까 하고 말이다. 게다가 글의 내용은 시각적 대상, 즉 건축이나 작품 등의 볼거리, 여행 장소의 역사적 중요성에 대한 객관적 서술이 아니다. 여행 중에 겪은 재미있는 일화도 아니다. 이 책의 글은 츠바이크가 방문했던 도시와 도시의 역사, 여행과 자연에 대한 그의 내면의 표현이라 할 수 있다. 어쩌면 바로 이 점이 이 책의 진정한 가치일지도 모른다. 누구나 알거나 쉬

1938년 뉴욕에서

이 찾아볼 수 있는 정보의 서술이 아니라, 1920~1930년대의 대표적 베스트셀러 작가, 유럽 지성의 한 사람의 생각을 읽는 것 말이다. 그가 느꼈던 도시, 그가 바라보았던 시대와 세계를 읽으면서 역사로만 알고 있던 시대, 이미 과거로 사라져 버린 시대와 그 시대의 터전이었던 장소, 사건과 인물을 다시 돌아볼 수 있으리라. 또 츠바이크의 기록을 통해 우리 스스로 동일한 대상을 어떻게 바라보고, 현재의 역사와 장소 안에서 어떤 생각을 하는지 비교해 볼 수 있을 터다.

어쩌면 츠바이크가 과거의 여행기에 관해 쓴 글이, 그의 여행기를 읽는 우리에게도 적용될지 모른다.

"자신의 공간을 낯선 세계로 바꿀 수 있을 뿐 아니라 현재의 시간을 과거와 바꿀 수도 있다. 집에서 여행기를 읽는 우리는 갑자기 먼 과거의 낯선 집에서 살 수도, 빛바랜 옛날 옷을 입을 수도, 우편 마차와 작은 돛배를 타고 여행할 수도 있기 때문이다. 또한 지난 세기의 사라진 공기를 들이마시며 활발한 유희를 통해 과거와 현재의 자신을 끊임없이 비교할 수도 있다."

작가 연보

1881   11월 28일, 섬유 공장을 운영하는 유대인
                모리츠 츠바이크(1845~1926)와 유대인 은
                행가 가문 출신의 어머니 이다(1854~1938,
                결혼 전 성은 브레타우어이다.)의 둘째 아들로
                빈에서 출생.

1887~1892   베르더토어가세에 있는 초등학교에 다님.

1892~1900   인문 고등학교 막시밀리안 김나지움(훗날
                바자 김나지움으로 명칭을 바꾼다.) 다님.

1900   빈 대학교에 입학. 철학과 문예학 전공.

1901   첫 시집 『은빛 현』 출판.

1902   빈의 《노이에 프라이에 프레세》 신문에 기
                고 시작. 여름에 벨기에 여행. 벨기에의 상징
                주의 시인 에밀 베르하렌(Émile Verhaeren,
                1855~1916)과 처음 만남.

1902   베를린에서 한 학기 체류.

1903   파리와 브르타뉴 여행.

1904	논문 「이폴리트 텐의 철학」으로 박사 학위 취득. 첫 단편집 『에리카 에발트의 사랑』 발표. 파리와 런던 여행.
1905	폴 베를렌(Paul Verlaine, 1844~1896)의 전기 『폴 베를렌』 발표.
1906	시집 『아침의 화관들』 발표. 영국에 사 개월 동안 체류.
1907	운문 드라마 『테르시테스』 발표.
1908	드레스덴과 카셀에서 「테르시테스」 초연.
1908	11월, 실론, 괄리오르, 캘커타, 베나레스, 랑군 등으로 수개월 동안 여행 시작.
1911	미국 뉴욕, 캐나다, 파마나 운하, 쿠바, 푸에르토리코 등 아메리카 여행. 『첫 경험』, 『어린이 나라의 네 가지 이야기』, 베르하렌의 작품을 번역한 『삶의 찬가』 발표.
1912	베르하렌에게 강의 여행을 주선. 함부르크, 베를린, 빈, 뮌헨에 동행.
1913	『불타는 비밀』 발표.
1914	에밀 베르하렌을 방문하러 벨기에 여행. 1차 세계 대전 발발로 인해 빈으로 귀향. 12월 1일, 오스트리아–헝가리 제국 국방부의 전쟁 기록 보관소로 징집됨.
1915	7월, 폴란드 갈리시아로 출장 여행.
1917	희곡 『예레미아』 발표. 11월 5일, 전쟁 기록 보관소의 위임을 받아 스위스로 이 개월 동안 강의 여행. 제네바 호숫가에 거주하는

로맹 롤랑 방문, 적십자 제네바 본부 방문.

1917/18 헤르만 헤세, 프리츠 폰 운루, 제임스 조이
스, 페루치에 부소니, 아네테 콜프 만남. 로
맹 롤랑의 드라마『시대가 올 것이다』와 그
의 소설『클레랑보』번역.

1918 2월 27일, 희곡「예레미아」를 취리히 시립
극장에서 초연.

1920 프리데리케 폰 빈터니츠와 결혼. 단편「강
요」, 전기『세 명의 대가: 발자크, 디킨스,
도스토옙스키』발표.

1921 전기『로맹 롤랑: 인물과 작품』발표.

1922 『아목: 열정의 노벨레』,『영원한 형제의 눈:
전설』발표.「폴 발레리 전집」을 편집하고
출간.

1923 아르투어 홀리처와 함께『프란츠 마세릴』
전기 발표.

1924 『시 전집』발표.

1925 『다이몬과의 싸움: 횔덜린, 클라이스트, 니
체』발표.

1926 영국 작가 벤 존슨의 작품『볼폰』개작.

1927 2월 20일, 뮌헨 시립 극장에서 1926년 12월
29일에 죽은 릴케에게 바치는 고별사「릴
케와의 작별」낭독. 단편집『감정의 혼란』,
『인류 운명의 시간』발표.

1928 「세상을 이룬 대가들」의 3부로서『그들 삶
의 세 시인: 카사노바, 스탕달, 톨스토이』

발표. 9월, 톨스토이 탄생 100주년을 기념
하기 위해 소련으로 여행.

1929 『조제프 푸셰: 어느 정치적 인간의 초상』,
『가난한 자의 어린 양』,『작은 연대기』(네 개
의 단편) 발표. 빈의 부르크테아터에서 후고
폰 호프만스탈을 위한 고별사 낭독.

1930 부인 프리데리케와 함께 카포 디 소렌토에
있는 막심 고리키 방문. 3월 15일, 브레슬라
우, 하노버, 뤼벡, 프라하에서, 4월 12일에
는 빈의 부르크테아터에서 「가난한 자의 어
린 양」 초연.

1931 프랑스로 여행.『정신을 통한 회복』,『시 선
집』 발표.

1932 파리 체류. 피렌체와 밀라노에서 강연. 전
기『마리 앙투아네트』 발표.

1933 나치에 의한 분서 조치로, 츠바이크의 작품
도 처분. 10월 20일부터 런던 체류.

1934 무기를 은닉했다는 밀고를 받고 카푸치너
베르크에 있는 자택이 수색당함. 이 사건을
계기로 고향을 떠나서 런던으로 이주.『에
라스무스 폰 로테르담의 승리와 비극』 발
표. 로테 알트만과 스코틀랜드로 여행.

1935 7월 24일, 드레스덴에서 츠바이크가 대본을
쓰고 슈트라우스가 작곡한 오페라 「말 없는
여인」 초연. 전기『메리 스튜어트』 발표.

1936 런던에 새로이 집을 구함.『카스텔리오 칼

뱅에 맞서다 혹은 폭력에 대항하는 양심』
발표. 브라질 첫 여행, 열렬히 환영받음.

1937	『인간, 책, 도시와의 만남』, 『파묻힌 촛대』 발표. 부인 프리데리케와 결별.
1938	로테 알트만과 포르투갈로 여행. 『마젤란: 인물과 행동』 발표. 12월 말, 부인 프리데리케와 법률적으로 이혼.
1939	소설 『초조한 마음』 영어로 출판. 로테 알트만과 결혼.
1940	7월, 로테와 미국 뉴욕, 브라질, 아르헨티나, 우루과이로 강연 여행. 12월, 뉴욕으로 돌아옴.
1941	『브라질: 미래의 나라』 독일어, 영어, 포르투갈어, 스페인어, 스웨덴어, 프랑스어로 출판. 브라질 페트로폴리스로 이주. 소설 『체스 이야기』 집필. 전기 『몽테뉴』와 자서전 『어제의 세계: 유럽인의 기억들』 집필.
1942	2월 22일, 부인 로테와 함께 자살. 페트로폴리스 묘지에 안장.

옮긴이
이미선

홍익대학교 독어독문학과 및 같은 대학원을 졸업하고, 독일 뒤셀도르프 대학교에서 독문학으로 박사 학위를 받았다. 옮긴 책으로 『장식과 범죄』, 『꾸밈없는 인생의 그림』, 『막스 플랑크 평전』, 『불순종의 아이들』, 『천사가 너무해』, 『누구나 아는 루터, 아무도 모르는 루터』, 『멜란히톤과 그의 시대』, 『수레바퀴 아래서』, 『소송』 등이 있다.

수많은 운명의
집

1판 1쇄 찍음 2023년 3월 17일
1판 1쇄 펴냄 2023년 3월 24일

지은이 슈테판 츠바이크
옮긴이 이미선
발행인 박근섭, 박상준
펴낸곳 (주)민음사

출판등록 1966. 5. 19. 제16-490호
서울시 강남구 도산대로 1길 62(신사동)
강남출판문화센터 5층 06027
대표전화 02-515-2000 팩시밀리 02-515-2007
www.minumsa.com

ISBN 978 89 374 2991 0 04800
ISBN 978 89 374 2900 2 (세트)